RÉCITS D'AUTREFOIS

LA PROSCRIPTION DES GIRONDINS

PAR G. LENOTRE

[LIBR]AIRIE HACHETTE

LA PROSCRIPTION DES GIRONDINS

• RÉCITS D'AUTREFOIS •

ONT PARU OU PARAITRONT DANS CETTE COLLECTION

Les volumes en vente sont marqués d'un astérisque*

* LE COUP D'ÉTAT DU 2 DÉCEMBRE
par René Arnaud.

* LE 18 BRUMAIRE
par Jacques Bainville.

* LE 9 THERMIDOR
par Louis Barthou
de l'Académie Française.

* LA JOURNÉE DES DUPES
par Louis Batiffol.

* L'ATTAQUE DE GRENELLE
(Les Communistes en 1796)
par Pierre Bessand-Massenet.

* LA FIN TRAGIQUE DU MARÉCHAL NEY
par Pierre Bouchardon.

* L'ATTENTAT D'ORSINI
par Marcel Boulenger.

* VOLTAIRE ET FRÉDÉRIC II
par Émile Henriot.

* LA PROSCRIPTION DES GIRONDINS
par G. Lenotre.

* L'ÉVASION DE LAVALLETTE
par J. Lucas-Dubreton.

* LES CONSPIRATIONS DE LOUIS-NAPOLÉON BONAPARTE
par Gabriel Perreux.

* L'AVENTURE DE LA DUCHESSE DE BERRI
par Armand Praviel.

* LES TROIS GLORIEUSES
27, 28, 29 Juillet 1830
par Paul Reynaud.

* L'ARMISTICE DE 1871
par le Lieutenant-Colonel Rousset.

* LES JOURNÉES DE JUIN 1848
par Charles Schmidt.

LE MARIAGE DE L'IMPÉRATRICE EUGÉNIE
par Ferdinand Bac.

LES PREMIÈRES JOURNÉES DE LA COMMUNE
par Georges Bourgin.

LA PRISE D'ALGER
par Henriette Célarié.

LA MORT DU PRINCE IMPÉRIAL
par Charles Derennes.

AU CAMP DU MARÉCHAL DE SAXE
par Frantz Funck-Brentano.

LE PAPE ET L'EMPEREUR A FONTAINEBLEAU
par Louis Madelin

LE 10 AOÛT
par Albert Mathiez.

LE 4 SEPTEMBRE
par Raymond Recouly.

LE MARIAGE DE LOUIS XIV
par Mme Saint-René Taillandier.

L'AFFAIRE CINQ-MARS
par P. de Vaissière.

LE DUEL DE VICTOR NOIR
par Alexandre Zévaès.

RÉCITS D'AUTREFOIS

LA PROSCRIPTION DES GIRONDINS

PAR G. LENOTRE

LIBRAIRIE HACHETTE

Il a été tiré de cet ouvrage : 5 exemplaires sur papier du Japon, numérotés de 1 à 5; 30 exemplaires sur papier de Hollande, numérotés de 1 à 30; 50 exemplaires sur papier de Madagascar, numérotés de 1 à 50. L'édition originale a été tirée sur papier Alfa.

A mon vieil ami
HENRI PIDANCET,
bien affectueusement.

G. L.

LA PROSCRIPTION DES GIRONDINS

CHAPITRE PREMIER

HORS-LA-LOI

DANS la chambrette, au cinquième étage, qu'il occupe avec deux jeunes couturières, Pétion, le beau Pétion se morfond, oisif et anxieux. Depuis le 30 mai 1793, — un mois bientôt, — lui, naguère l'idole de Paris, il a erré dans la grande ville, en quête d'un refuge; il a dormi dans les champs, près des barrières qu'il n'osait se risquer à franchir, il s'est glissé, la nuit, le long des murs, cherchant les ténèbres, comme un malfaiteur; on l'a traqué, arrêté, consigné chez lui, sous la surveillance d'un policier qu'il est parvenu à dépister en le faisant boire. Déguisé, vêtu d'une redingote de garde national, chaussé de grosses bottes, coiffé d'un chapeau à larges bords posé sur une perruque « à la sans-culotte, » il s'est esquivé un soir, et Mme Goussard, — une amie de sa femme, — l'a clandestinement conduit chez les deux lingères qui, plus courageuses que bien des hommes, ont, sans hésitation, consenti à le cacher, en attendant un moyen sûr de le faire sortir de Paris.

Situation délicate : la cohabitation forcée, jour et nuit, de cet homme de trente-sept ans, avec deux jeunes filles, ne laisse point d'être parfois gênante. La chambre n'est pas grande : deux lits sans rideaux, deux étroits cabinets très obscurs servant de garde-robe, une croisée donnant sur la rue, une petite cheminée et deux ou trois chaises. En braves parisiennes, heureuses de rendre service, ses compagnes agissent avec la simplicité d'honnêtes personnes, sans affectation de pruderie mais lui ne peut s'empêcher de remarquer « qu'elles sont d'une physionomie intéressante, » ce qui lui cause quelque embarras. On l'a tant adulé qu'il se croit irrésistible; Paris n'a-t-il pas été « amoureux » de lui? Ne l'a-t-on pas, au temps de ses grandeurs, comparé au soleil, à Dieu même? Lors du tragique retour de Varennes, quand il ramenait vers la capitale la famille royale humiliée, ne se persuada-t-il pas que la sœur de Louis XVI, la pudique et sainte fille de France, quoique « gâtée par les vices d'une éducation de Cour, » subissait le prestige de sa mâle beauté et « le fixait avec des yeux attendris? »

Les jeunes lingères chez lesquelles il se trouvait maintenant n'avaient point de si hautes visées et ne paraissaient nullement troublées par sa présence; elles se levaient de bonne heure; partaient pour leur magasin où il ne fallait pas que leur absence fût remarquée; elles apportaient à Pétion ses repas et venaient, dans le cours de la journée, le distraire pendant quelques instants par leur babillage; en sortant, elles l'enfermaient et emportaient la clef. Il passait presque tout son temps sur son lit, essayant de lire; parfois il marchait dans la chambre pour se dégourdir, non sans avoir pris la précaution de se déchausser et d'étendre sa couverture sur le plancher afin de ne pas faire de bruit. Ses réflexions n'étaient pas couleur de rose; quel roman que sa vie! Comme il l'avait désirée, cette révolution, alors que, petit avocat à Chartres, sa ville natale, il végétait sans espoir de se signaler! Député par ses concitoyens aux États généraux, modeste d'abord, bientôt gonflé de son importance qui grandit, le voilà maire de Paris; il peut imaginer, un moment, qu'il est appelé à remplacer le roi défaillant. Après la chute de la monarchie, élu membre de la Convention, il s'est rallié à ce groupe de représentants que leurs adversaires, les « Montagnards, » qualifient de *Girondins* quoique huit d'entre eux seulement fassent partie de la députation du département de la Gironde. Quels noms! Que de talents! Que d'espoirs pour la république naissante! Vergniaud, Condorcet, Barbaroux, Brissot, Louvet, Roland, Buzot, Guadet, Pétion aussi qui, à défaut d'éloquence, apporte à ses amis l'appui de sa popularité et de sa joyeuse bonhomie : — « un visage épanoui par un rire éternel. »

Comment pareille phalange de jeunes hommes éminents et braves, soutenus par plus de cent collègues résolus, n'est-elle point parvenue à dominer l'Assemblée? C'est que leurs rivaux, disposant d'une force irrésistible, — l'émeute, — ont soulevé contre ces « provinciaux » les colères de la Commune et de la population parisiennes. Marat, l'énergumène, a conduit l'affaire; sous la dictée de la racaille la Convention s'est docilement amputée de trente de ses membres et a décrété l'arrestation des Girondins dont plusieurs sont déjà en fuite ou se cachent dans Paris, attendant de pouvoir s'en évader. Quel revirement inattendu, quel désastre!... Ce sont ces choses tragiques que rumine Pétion, sous clef dans la mansarde des deux lingères. Non point qu'il soit homme à démêler les causes profondes de ce Coup d'État, — le premier et le plus néfaste de tous, — ni les fautes qui l'ont amené et dont plusieurs lui sont imputables; mais il déplore la cruauté du destin qui le rejette dans la lutte après l'avoir élevé si haut. Il regrette son bien-être acquis; car, sinon l'opulence, l'aisance est venue; bien logé à l'Orangerie des Tuileries, propriété nationale qu'il loue à bon compte, il vivait là, confortablement, entre sa femme, ménagère experte, et son fils, son petit Étienne qui a maintenant onze ans. Parti de rien, le ménage a prospéré; c'est presque le luxe en comparaison des débuts misérables : bon mobilier, argenterie, domestiques, voiture et chevaux, une ferme en Beauce, une maison à Chartres, des terres dans l'Yveline et des rentes qui permettent à Pétion de servir une pension suffisante à son père, vieil homme de loi beauceron que la parcimonie la plus vétilleuse n'a pas enrichi. Étant, de par sa nature insouciante, l'homme du monde le plus indifférent à la misère d'autrui, Pétion juge la révolution terminée : à quoi bon, désormais, tant de discussions et de bouleversements puisqu'il est satisfait et peut, sans illusion, ambitionner, après son mandat législatif, quelque emploi éminent qui le mettra pour toujours à l'abri du besoin? Car la crise actuelle n'est qu'un incident : il n'est pas possible que la France tolère le triomphe des Montagnards anarchistes; elle va se soulever tout entière à l'appel de « la Gironde » indignement molestée.

L'important était de quitter Paris sans être reconnu et cette harcelante pensée obsédait l'esprit du fugitif confiné dans la chambrette des couturières. Mme Goussard avait bien promis qu'elle assurerait son départ et son voyage jusqu'à Évreux et Caen où les députés proscrits s'étaient donné rendez-vous. Mais deux nuits et un jour avaient déjà passé sans qu'elle eût reparu. Était-elle arrêtée? Les ennemis de Pétion étaient-ils sur sa piste? Il savait que, s'il tombait dans leurs mains, c'était la prison et la mort. A peine osait-il, crainte d'être aperçu par quelques vis-à-vis, et malgré la chaleur de l'été commençant, s'approcher de la fenêtre qui donnait sur la rue Croix-des-Petits-Champs. Parfois on frappait à la porte de la chambre. Il se tenait coi, retenait son souffle et ne respirait avec aise que quand l'intempestif visiteur, lassé, redescendait. Une porte qui « battait, » au quatrième étage, lui causa bien des émotions, et il y avait aussi, quelque part dans la maison, un petit chien dont les aboiements fréquents avivaient son angoisse : — n'annonçaient-ils pas que des inconnus circulaient dans l'escalier?

Une terreur le hantait : celle d'être surpris à l'improviste dans sa retraite et de tomber vivant entre les mains des « scélérats. » En proie aux plus sombres pensées, il essayait de se familiariser avec l'idée de se brûler la cervelle. « Cent fois il plaça ses deux pistolets, l'un à sa tempe, l'autre dans sa bouche, afin de s'assurer qu'il ne se manquerait pas. » Mais sa résolution n'était pas sans « incertitudes. » Mme Goussard l'avait prévenu qu'un ami sûr viendrait le chercher, à la fin du second jour, la nuit tombée, vers neuf heures du soir. Pétion était prêt bien à l'avance : neuf heures, neuf heures et demie; personne. Son sang bouillait. Enfin la porte s'ouvrit, Mme Goussard entra : — le départ était remis au lendemain. Quelle déception! Vingt-quatre heures encore d'alarmes et d'inaction. « Ces vingt-quatre heures furent un siècle; » le soir venu de ce jour interminable, sa libératrice reparut; cette fois tout était combiné; un fiacre attendait; il fallait partir. Tous deux descendirent l'escalier; l'allée était encombrée par plusieurs personnes; Pétion passa sans hésiter; fit quelques pas dans la rue et monta en voiture avec Mme Goussard.

On alla d'abord à la Chaussée-d'Antin où « l'ami sûr » attendait; on le trouva occupé à charger ses pistolets. Il se faisait fort de conduire le soir même jusqu'à Saint-Cloud le proscrit qui y était annoncé. Pétion y resterait jusqu'au lendemain et poursuivrait seul son voyage vers la Normandie. On remonta donc dans le fiacre; on déposa Mme Goussard devant la Madeleine dont la construction était interrompue; puis, par le travers de la place de la Révolution et le ci-devant Cours-la-Reine, le fiacre gagna la barrière de la Conférence. C'était l'instant critique; dix heures étaient sonnées, et les soldats de garde devaient, à cette heure-là, vérifier l'identité des voyageurs. La voiture passa devant le poste sans que personne s'inquiétât d'elle. Le pas le plus difficile était franchi.

Pourtant, par prudence, sachant que le pont de Saint-Cloud était gardé, Pétion et son compagnon mirent pied à terre avant d'y arriver; ils ordonnèrent au cocher, de continuer sa route à vide et de les attendre de l'autre côté du pont sur lequel ils s'engagèrent, se tenant par le bras, chantonnant et marchant à l'allure flâneuse de bourgeois qui rentrent chez eux après avoir pris le frais. Une sentinelle cria : *Qui vive?* Ils répondirent : *Citoyens!* et continuèrent leur chemin sans autre malencombre. Pétion trouva bon accueil dans la maison où un gîte lui était préparé; une voiture était commandée pour le lendemain, cinq heures du matin; il se coucha et dormit tranquille.

A l'aube du jour suivant, — 25 juin, — il était debout, trépignant d'impatience. On annonçait pour la matinée des visites domiciliaires dans toutes les maisons de Saint-Cloud, et la voiture qui devait l'emmener ne paraissait pas. Elle n'arriva devant la porte qu'à onze heures et demie. Il embrassa ses hôtes et partit aussitôt; il lui semblait que les routes étaient « pleines de monde; » un cabriolet de poste qui roulait de conserve avec le sien et le dépassait quelquefois, l'inquiétait. Les occupants de cette voiture suspecte « allongeaient la tête pour le dévisager. » Se croyant poursuivi, il affectait de dormir; sa perruque cachait une partie de son visage et il avait rabattu les ailes de son chapeau. A Saint-Germain-en-Laye, où il arriva vers une heure et demie, l'alerte fut vive : le relai était voisin d'un corps de garde; un grand nombre de curieux stationnait là, on battait la caisse et le pauvre homme devait se forcer à des mines inattentives et ennuyées tandis que, le cœur battant, il songeait qu'il était bien impossible que, dans cette foule, quelqu'un ne le reconnût pas; car, depuis sa célébrité, son portrait s'était vendu à des milliers d'exemplaires; on en avait même orné des tabatières!

Les palefreniers achevaient d'atteler à sa voiture des chevaux frais : le postillon se mit en selle.... Nouvel émoi; le fugitif se persuade qu'il a vu cette figure-là quelque part.... Mais non, l'homme ne semble pas faire attention à lui, et, à la sortie de la ville, la route est si belle, coupant droit, à perte de vue, la forêt; les futaies sont si majestueuses, l'herbe est si verte, le ciel si bleu, que ce splendide spectacle rassénère le voyageur. S'il avait du temps à perdre, il descendrait de voiture pour « se prosterner devant la voûte des cieux » et « se plonger en des rêveries délicieuses. » L'abord des premières maisons de Poissy le rejette à des pensées moins contemplatives; mais ici encore, nul obstacle : on est loin de Paris déjà et tout danger semble écarté. Ni là, ni, deux heures plus tard, à Mantes, les maîtres de poste ne lui réclament son passeport; il est paré, d'ailleurs, contre toute réquisition de ce genre car on l'a muni, à Saint-Cloud, de faux papiers, en apparence parfaitement en règle, qu'il n'aura pas à sortir de sa poche de toute la journée.

A huit heures du soir il arrivait à Bonnières; il y coucha, après avoir soupé de grand appétit dans sa chambre d'où il se garda de sortir. Le 26, il se remettait en route à cinq heures du matin, traversait Paci-sur-Eure où il dut, au corps de garde, exhiber ses papiers qui furent visés sans difficultés et, trois heures plus tard, il entrait à Évreux; il était sauvé.

Évreux, patrie de Buzot, l'un des membres les plus en vue de la Gironde, s'apprêtait en effet à l'insurrection contre la Convention et, ce même jour, faisait ovation à 800 fédérés venus de Caen et prêts à marcher sur Paris afin de mettre à la raison les proscripteurs. Pétion en fut tout réconforté; Évreux, évidemment, à en juger par l'enthousiasme de ses habitants, ne comptait que des amis de Buzot et des partisans de la politique Girondine. Pétion alla chez l'un d'eux, qu'il connaissait, et fut accueilli avec effusion. Le bruit avait couru qu'il était emprisonné. Il apprit là bien des nouvelles : Louvet, l'un des orateurs du parti, caché depuis quinze jours dans Paris même, s'en était enfui avec sa sensible maîtresse, Lodoïska, afin de gagner Caen où déjà Buzot, Barbaroux, Salle et d'autres étaient installés. En traversant Évreux, Louvet avait aperçu, errant par les rues, « un homme que, d'abord, il prit pour un spectre ; » c'était son collègue Guadet, un fugitif aussi, un vrai Girondin celui-ci, puisqu'il était de Saint-Émilion. Le pauvre Guadet, déguisé en garçon tapissier, « avait fait vingt-deux lieues dans sa journée et, le plus souvent, par des chemins de traverse. » Sur ses observations amicales, Louvet comprit qu'il ne convenait pas « de mêler des femmes aux dangers et à la vie périlleuse qu'on allait affronter ; » il se sépara donc, non sans des torrents de larmes, de sa chère Lodoïska qui retourna à Paris, tandis que son amant et Guadet s'acheminaient vers Caen, qu'ils avaient dû atteindre le jour même où Pétion débarquait à Évreux. Il résolut de les y rejoindre sans retard.

Le chef-lieu du Calvados était tout dévoué aux proscrits ; en choisissant ce lieu de réunion, ils savaient que, dès la fin de mai, avant même que le parti Maratiste les eût abattus, l'Administration de ce département avait spontanément voté la création d'un corps de volontaires destiné à marcher sur la Capitale afin d'assurer à la Convention la liberté de ses délibérations. Depuis lors, le coup de force du 2 juin et le désastre de la Gironde avaient stimulé l'insurrection contre la Terreur menaçante ; les riches Normands ne voulaient pas du joug des anarchistes et le soulèvement gagnait les provinces voisines. Déjà, de la Mayenne et de la Bretagne, on annonçait l'imminente venue de nombreux volontaires désireux de pactiser avec les Normands : — *Résistance à l'oppression!* Tel était le cri de ralliement. Le général Wimpfen, officier de carrière, originaire de Bayeux reçut le commandement de l'armée fédérée; le comte de Puisaye, riche gentilhomme des environs d'Évreux, accepta d'être son lieutenant; fortes de la belle cause qu'elles vont défendre, leurs troupes triompheront facilement de la gueusaille parisienne dont la Convention a fait sa garde. Et quand, le 9 juin, étaient arrivés à Caen les premiers des représentants bannis, leur présence suscita une confiance enthousiaste : c'étaient Henry-Larivière, député du Calvados, jovial, aventureux, plus frondeur que réfléchi, et Gorsas, le journaliste du *Courrier des Départements*, porté à la Convention par le département de Seine-et-Oise, très combatif, très entreprenant et très laid. Le 12 juin avaient débarqué trois de leurs collègues, Buzot et Lesage, députés d'Eure-et-Loir, accompagnés de Salle, de la Meurthe, médecin de campagne, d'une intransigeante droiture d'Alceste, instruit, bon orateur, de savoir encyclopédique, mais de maintien gauche et emprunté, de tenue négligée, et resté paysan, quoique « bel homme. » Quant à Buzot, fameux déjà depuis ce temps de la Constituante, son aspect sombre et grave, révélait aux moins perspicaces une angoisse dont l'objet devait être, durant trois quarts de siècle, une énigme pour la postérité. Seuls, ses amis les plus intimes savaient, en 1793, que, quoique marié, il avait conçu pour l'héroïne de la Gironde, Mme Roland, un de ces amours qui ravagent le cœur et sillonnent une existence; amour ardemment partagé, mais pur, dont le vieux Roland, époux ulcéré, avait reçu le cruel et désespérant aveu.

Successivement arrivèrent à Caen, Duval, Bergoeing, Lahaye, Cussy, Barbaroux, échappés, non sans aventures, aux gendarmes chargés de leur surveillance; puis, le 26, venant d'Évreux, Guadet et Louvet, précédant de trente-six heures Pétion qui, le 28 au soir, se rendit à l'assemblée départementale où il fut acclamé « avec transports. » Caen s'enorgueillissait de posséder ces hommes dont le talent illustrait la tribune française et dont les noms étaient mêlés aux grands événements des dernières années. Chacun d'eux avait reçu de la main des jeunes filles de la ville un bouquet de laurier noué d'un ruban tricolore; Wimpfen leur donnait une garde d'honneur et la municipalité mettait à leur disposition le bel hôtel de la ci-devant Intendance, solennelle demeure, bâtie au temps du grand Roi, et dont le lourd portail sculpté, ouvrant sur l'étroite rue des Carmes, les hauts bâtiments réguliers, à beaux balcons de fer forgé, offraient à ces sans-asile, une manière de palais.

Si on leur faisait fête, c'est que, mal instruits des nuances et de la stratégie parlementaires, les Normands, fatigués de la révolution et regrettant l'ancien régime, estimaient naïvement que ces Girondins, persécutés par les sans-culottes parisiens, ne pouvaient être que des royalistes. Cette erreur mettait Pétion et ses compagnons dans une situation fausse : tous ardents partisans de la république, ils risquaient de s'aliéner les esprits en proclamant leur véritable opinion. Ils le comprirent et, pour ne pas enrayer par une manifestation intempestive de leurs sentiments le mouvement insurrectionnel dont ils espéraient leur salut, ils affectèrent de ne point l'influencer. Sous prétexte que « personnellement intéressés dans l'affaire, il leur convenait peu d'y intervenir, » ils s'isolèrent, évitant, crainte de heurts irrémédiables, de se produire aux sociétés populaires, aux revues, à la Commission départementale, se contentant de se réunir entre eux, en une petite Convention; se donnant l'illusion que l'autre n'étant « qu'un ramassis de factieux en délire, » ils formaient, eux, la pure représentation nationale, un parlement modèle, sans opposition, sans divergence, auquel la France entière allait obéir. Pétion fut élu président de ces parlottes intimes; Barbaroux et Lesage étaient les secrétaires; mais on en resta là; les séances s'espacèrent faute d'assiduité.

Il faut dire aussi que pour ces jeunes gens, — les plus âgés atteignaient à peine la quarantaine, — harassés par la vie surmenante de Paris, cette échappée prenait l'attrait d'une vacance. Après l'âpre bataille des derniers mois, les haineux duels de tribune, l'assourdissant vacarme des polémiques quotidiennes, ils éprouvaient un délicieux délassement de cet accord à l'unisson, dans une calme ville de province, de ce séjour dans une noble demeure entourée de frais jardins, et aussi de la considération sympathique et flatteuse dont ils se sentaient entourés. Les visiteurs, en effet, affluent chaque jour dans les salons de l'Intendance, et, plus encore, semble-t-il, les visiteuses, curieuses d'approcher ces héros de roman dont l'éloquence, les aventures, les amours mêmes, ont fait l'objet de tant de chroniques. Leur infortune présente, les prouesses qu'on attend d'eux, les rendent déjà presque légendaires et leur prêtent un charmant prestige. Barbaroux surtout, dont la beauté est renommée, passe pour irrésistible. Un jeune habitant de Caen qui fréquentait à l'Intendance, a tracé de lui ce portrait : « Physionomie grecque ou romaine, regard d'aigle, avantages extérieurs de toute espèce; seulement un peu trop d'embonpoint; élocution gracieuse, enthousiasme de poète... et, avec tout cela, franche et naïve gaîté d'un jeune homme du caractère le plus aimable.... » D'autres contemporains ont confirmé ce signalement; femmes et hommes s'accordaient, — ce qui est rare sur un tel point, — à reconnaître que Barbaroux était « excessivement beau; » son front large, « ses grands yeux très noirs et très brillants, la ligne de son nez droite et pure, » sa peau ambrée, ses dents superbes, son menton légèrement fendu d'une fossette, « ses cheveux noirs frisés, retombant en boucles sur le col de l'habit, » sa haute prestance, lui valurent cette désignation d'*Antinoüs de la Gironde* dont Mme Roland le qualifia. Ceci rend plausible l'amical reproche de Louvet, au sujet des « mille enchanteresses » attirées par la beauté de Barbaroux, l'« enivrant de plaisirs variés » mais « aussitôt délaissées par son inconstance. »

Cet essaim d'adoratrices n'avait pas suivi à Caen le séduisant marseillais; de son propre aveu, durant le mois qu'il y séjourna, il n'y fut occupé que de trois femmes : *Anna*, *Julia* et *Zélia*. On n'a point su mettre de noms sur ces pseudonymes : suivant Pétion *Zélia* était une ci-devant marquise, — « mais une marquise républicaine, » ajoute-t-il bien vite, soucieux de ne point diminuer son ami; c'est là tout ce que l'on sait d'elle. *Julia* n'a pas été identifiée; *Anna* pas davantage. Il semble pourtant que l'incognito de celle-ci n'est pas impossible à percer : c'est, très vraisemblablement, l'*Annette* adorée dont Barbaroux a eu un fils, l'année précédente, à Marseille. Annette s'appelait, en réalité, Marie Harlove et passait pour être « la femme de Barbaroux » : c'est le titre que lui donne Mme Pétion qui la rencontra, en juillet, à Évreux, se rendant à Caen où d'autres la virent peu après : un jeune Normand, familier des causeries de l'Intendance, notait plus tard : « Il ne s'agissait pas d'une intrigue plus ou moins passagère : c'était une liaison antérieure, une femme attachée à Barbaroux et le suivant dans les péripéties de sa proscription. »

Bien que la Gironde fugitive eût déclaré la guerre à la capitale, on circulait cependant aisément entre Paris et la Normandie. Mme Pétion vint passer quatre ou cinq jours à Caen avec son mari et s'y logea à l'*Hôtel d'Angleterre*, rue Saint-Jean. Mme Goussard, l'amie dévouée des Girondins, — celle-là même qui avait présidé à l'évasion de Pétion, — s'y rendit également, et Lodoïska, la maîtresse de Louvet, fit, elle aussi, plusieurs fois le voyage. Ces deux dernières, ainsi qu'une sœur de Mme Goussard, assuraient courageusement la correspondance des proscrits; toutes deux étaient dans le secret des chastes et réciproques amours de Buzot et de Mme Roland. Ah! les belles lettres qu'elles portèrent de l'une à l'autre! Mme Roland, emprisonnée dès le 1er juin à l'Abbaye, puis à Sainte-Pélagie, pouvait enfin, sans crainte d'une défaillance de sa stoïque vertu, crier sa passion à son mélancolique et sombre amoureux; les verrous d'un cachot et 50 lieues les séparent.... Le 22 juin elle recevait, par Mme Goussard, revenant de Normandie, deux billets de Buzot, datés des 15 et 17 juin; ils sont perdus, mais on a sa réponse; elle dut, le 22, la faire passer à Lodoïska qui, avec Louvet, s'échappait de Paris le surlendemain. — « Combien je les relis (les deux billets). Je les presse sur mon cœur, je les couvre de mes baisers, je n'espérais plus d'en recevoir!... J'ai été dans les plus cruelles angoisses jusqu'à ce que j'ai été assurée de ton évasion... » Elle fait allusion à son mari, lui aussi fugitif et caché à Rouen chez de vieilles amies, et, tout de suite : — « Je n'ose te dire, et tu es le seul au monde qui puisse l'apprécier, que je n'ai pas été très fâchée d'être arrêtée.... En me trouvant seule, c'est avec toi que je demeure.... Je dois à mes bourreaux de concilier le devoir et l'amour. » Elle se réjouit d'être délivrée de l'assiduité passionnée du vieil époux auquel elle restera fidèle tant qu'il vivra; elle l'estime, mais elle ne l'aime plus; l'a-t-elle jamais aimé? « Comme je chéris les fers où il m'est libre... de m'occuper de toi sans partage!... Je remercie le ciel d'avoir substitué mes chaînes présentes à celles que je portais auparavant. » Et, plus loin : « O toi, si cher et si digne de l'être, tempère l'impatience qui te fait frémir, en songeant aux fers dont on m'a chargée; ne vois-tu pas les biens que je leur dois?... » Elle a donné à « son bien-aimé » son portrait, — une miniature encadrée d'un cercle d'or incrusté de pierres brillantes et qu'il porte continuellement sur lui. Il lui envoie le sien, de forme et de dimension absolument pareilles, destiné à faire pendant. Elle a dans son cachot *this dear picture*; « elle est sur mon cœur, cachée à tous les yeux, sentie à tous les moments et souvent baignée de mes larmes.... » Comme la prisonnière est incertaine du lendemain, pour que, après sa mort, la *dear picture* échappe au lamentable sort des portraits anonymes, inéluctablement destinés à la boîte du brocanteur, elle a pris soin de glisser sous le cadre, derrière l'image, une courte mais dithyrambique notice : « François-Nicolas Buzot, né à Évreux en 1760.... La nature l'a doué d'une âme aimante, d'un esprit fier et d'un caractère élevé. Sa sensibilité lui faisait chérir la paix et la douceur d'une vie obscure.... Les chagrins du cœur ajoutèrent à la mélancolie vers laquelle il était incliné.... La postérité honorera sa mémoire... et l'on accueillera précieusement son portrait, pour le placer parmi ceux des généreux amis de la Liberté qui croyaient à la vertu. »

La vaillante Lodoïska, grâce à laquelle se prolongea durant plus d'un mois la correspondance clandestine entre l'héroïne captive et le conventionnel proscrit, n'était point du tout polonaise; née en 1760, à Paris, de petits bourgeois, elle se nommait Marguerite Demuelle. Louvet, qui était du même âge, s'éprit d'elle dès l'adolescence; mais le père Demuelle ne se souciant pas de donner sa fille à un petit commis libraire, la maria, sitôt qu'elle eut quinze ans, à un sieur Cholet, joaillier au Palais-Royal, qui alla se fixer, avec sa jeune épouse, à Lyon d'où il la ramena imprudemment sept ans plus tard. Louvet la revit et conçut pour elle une passion véhémente et tapageuse que partagea bientôt la sensible Marguerite. Dans le but de ravir au joaillier sa compagne et de fuir avec elle vers quelque retraite lointaine et champêtre, — leur rêve à tous deux, — Louvet entreprit d'écrire, et c'est ainsi que naquit *Faublas*. Le copieux roman, publié par étapes, eut un gros succès, si bien que Louvet, s'évertuant, se lança dans la révolution commençante, devint journaliste, orateur de section, membre des Jacobins, et fut député à la Convention par le département du Loiret. Il avait de l'esprit, de l'aplomb, de l'ardeur, s'affilia à la Gironde et, pour son coup d'essai, asséna à Robespierre, en pleine assemblée ébahie, un de ces réquisitoires foudroyants dont le seul effet est d'accentuer les dissentiments des partis, mais qui classent leurs auteurs au nombre des hommes politiques de tout premier rang. Mme Roland, enthousiasmée, déclara Louvet supérieur à Cicéron et mit son discours au-dessus des *Catilinaires*. Il était célèbre; Lodoïska, son Égérie, pareillement. Car il avait affublé Mme Demuelle du nom de l'une des héroïnes de son *Faublas*, ce qui contribuait à la renommée de la dame et ne nuisait pas à la vente du roman. Lodoïska apparaît, d'ailleurs, abstraction faite des apostrophes adoratives de Louvet, comme une femme dévouée, aimante, courageuse, intelligente et bonne. Était-elle jolie? A prendre un moyen terme entre ceux de ses contemporains qui nous la présentent comme « marquée de la petite vérole, laide, noire, de la tournure la plus commune, » et d'autres qui la jugeaient « agréable et assez gracieuse, » on peut conclure que ses charmes extérieurs n'avaient rien d'exceptionnel. Quant à Louvet, c'était, suivant les uns, un petit homme malingre, bilieux, chauve, myope, avec des yeux creux et « une mine de papier mâché; » certains, au contraire, lui trouvaient « une jolie figure efféminée » et lui attribuaient même une partie des prouesses galantes de *Faublas*.

Il est certain que, dans les premiers jours de juillet 1793, le groupement des Girondins, de leurs femmes ou de leurs maîtresses à l'Intendance de Caen, le mouvement occasionné par leur présence, le va-et-vient de leurs émissaires, excitaient singulièrement l'intérêt et la curiosité des Normands. Quelle aubaine pour la province qu'un événement comme celui-là! Aussi se pressait-on à leurs réceptions et, si la société guindée s'en abstenait, on y voyait pourtant figurer des dames fort régulières et même d'irréprochables jeunes filles. L'une de celles-ci, du moins, qui s'y montra plusieurs fois, a laissé un nom dans l'histoire : elle s'appelait Charlotte de Corday et demeurait chez une parente dans le voisinage de l'Intendance. On a la certitude qu'elle s'entretint avec « ces hommes de Plutarque, » tout récemment échappés de la fournaise et qu'elle vénérait à l'égal des héros tragiques créés par le génie de son grand ancêtre, Pierre Corneille; elle trouva auprès d'eux un accueil exempt de banalité. Non point qu'ils parussent s'être étonnés de cette fraîche jeune fille, passionnée pour la politique; on ne devait guère leur parler d'autre chose et ils y étaient résignés; mais elle leur inspira confiance puisque, leur ayant appris qu'elle projetait un voyage à Paris, Salle, le plus laborieux de la bande, qui passait ses jours et une partie de ses nuits à rédiger manifestes, adresses au peuple et proclamations, lui remit son *Examen critique de la Constitution* et la pria de porter cet écrit à Lauze de Perret, l'un des Girondins que n'avait point frappés le décret d'arrestation; et Barbaroux chargea Charlotte d'une lettre recommandant à de Perret de faire bon accueil à la jolie commissionnaire et de répandre la brochure de Salle. Il paraît bien probable que Charlotte déjeuna même, certain jour, à l'Intendance et, quoiqu'on en ait dit, il est impossible que ses relations, si passagères fussent-elles, avec les victimes de Marat, n'eussent pas influencé son effroyable résolution.

Que l'imagination est fallacieuse et combien on doit se garer de ses suggestions. Il semblerait que ces entretiens rassemblant autour d'une table ou sous les ombrages du jardin des personnages légendaires tels que Buzot, Barbaroux, Louvet, Pétion, sa femme, Charlotte de Corday et d'autres, auraient dû laisser dans la mémoire des rares survivants un souvenir ineffaçable; que les assistants n'en oublieraient aucun incident, ni les paroles dites, ni le son des voix, ni les moindres gestes.... Mais non, ces choses paraissaient aux contemporains tout ordinaires. L'un d'eux, assis à table à côté de Mlle de Corday, note simplement qu'on parla de littérature et de politique, et Mme Salle qui, de crainte d'être emprisonnée, était venue, avec ses trois enfants dont l'un âgé de quelques semaines, rejoindre son mari à Caen, y vit aussi, — sans doute à ce même déjeuner, — Charlotte de Corday; quand on la questionnait plus tard sur l'héroïne, elle avouait ne rien se rappeler d'elle, « sinon la robe qu'elle portait ce jour-là. » Quelle pénurie pour notre insatiable avidité des détails précisés et intimes, du trait qui peint un caractère ou résume une situation; et quelle gratitude ne doit-on pas au chroniqueur caennais qui, mieux avisé, nous rapporte que, entrant chez Barbaroux, un jour d'excessive chaleur, il le trouva « couché tout de son long sur le parquet, un mouchoir blanc étendu sur sa figure; » — deux lignes qui nous renseignent mieux que bien des pages sur les illusions des proscrits. Ils n'agissaient pas et perdaient, à jouir d'un repos à la vérité bien gagné, un temps dont toutes les minutes eussent dû être consacrées à la lutte. Ils étaient trop sûrs de « leur bon droit. » Ne leur disait-on pas que soixante-neuf départements s'étaient ralliés à leur cause; que Lyon, Marseille, Bordeaux se soulevaient? Ne voyaient-ils pas journellement arriver à Caen des bataillons de volontaires tout armés et prêts à combattre? L'Eure, le Calvados avaient mis sur pied plus de 800 hommes; l'Ile-et-Vilaine leur en envoyait 500; le Finistère 600 dont 50 cavaliers; il en était venu 200 du Morbihan, à peu près autant de la Mayenne et 3 à 400 de la Manche. A Caen même, il est vrai, l'enthousiasme était moindre : quand Wimpfen, entouré d'un état-major « monté comme pour une grande armée, » réunit la garde nationale locale et exhorta les hommes à s'enrôler, il ne recueillit pas plus de vingt signatures. N'importe : le mouvement était lancé; il n'y avait qu'à laisser faire et l'on patientait dans l'indolence. A cinquante lieues de là, au fond de son cachot, Mme Roland se montrait plus perspicace; son pénétrant génie devinait qu'on gâchait des heures infiniment précieuses. Ah! elle les connaissait bien, ces grands enfants dont elle avait été le Mentor; elle écrivait à Buzot, le 7 juillet : « Où donc Louvet a-t-il laissé son amie?.... Et ce jeune Barbaroux, ne fait-il pas des siennes dans cette terre hospitalière? C'est pourtant le cas d'oublier de s'amuser à moins que de savoir, comme Alcibiade, suffire à tout. Quand je me rappelle la sérénité de Pétion, l'effervescence aimable mais passagère de Guadet, je crains que ces honnêtes gens, là-bas comme ici, n'emploient à rêver le bien public le temps qu'il faudrait consacrer à l'opérer.... »

Pourtant, les événements se dessinaient. Le 9 juillet, Mlle de Corday partait pour Paris, emportant, avec son terrible secret, les proclamations de Salle et la lettre de Barbaroux. Le même jour l'armée des Girondins s'ébranlait et marchait sur Lisieux. L'avant-garde, conduite par Puisaye, s'avançait jusqu'à Vernon, sûre de vaincre, car les troupes de la Convention qui s'apprêtaient à lui barrer la route étaient « un ramas d'aventuriers sans discipline, qu'un seul bataillon de vrais républicains aurait chassés à coups de bâton; » le général Sepher, l'ancien suisse de Saint-Eustache, commandait cette horde. Le choc eut lieu près de Brécourt; il fut sans violence car, au seul aspect de l'adversaire, les deux armées opérèrent demi-tour et s'enfuirent : celle des Girondins jusqu'à Caen, celle de la Convention jusqu'à Versailles. Pétion et ses amis qui s'étaient rendus à Lisieux, rentrèrent à l'Intendance désemparés; ils discutèrent « s'ils ne quitteraient pas la toge pour prendre l'armure guerrière; » c'est-à-dire s'ils ne se mêleraient pas aux troupes fédérées pour combattre dans leurs rangs et relever par l'exemple leur courage. Mais on décida, en fin de compte, que cette détermination chevaleresque risquait « de faire perdre aux représentants une considération qu'ils avaient besoin de conserver. »

Leur prestige, d'ailleurs, s'était effondré subitement. Caen leur devenait unanimement hostile; les volontaires s'égaillaient et, par bandes, retournaient chez eux, indignés contre ces beaux parleurs qui les avaient appelés à l'aide et ne savaient ni commander ni se battre. Le 18 on apprit la mort de Marat; la première nouvelle en fut donnée, laconiquement, par les *affiches, annonces, avis divers du journal du département du Calvados*, tout à la dévotion des proscrits : — « Marat, l'ami des fripons et le père des assassins, » y lisait-on, « pour qui une horde de brigands combat sous les murs de Vernon, Marat n'est plus : une citoyenne de Caen lui a plongé deux coups de poignard dans le sein en disant : *Scélérat, tu as perdu ma patrie, va expier tes crimes.* Cette fille qu'on dit s'appeler Charlotte Cordé est arrêtée et paraît ne pas craindre les horreurs de la mort.... » Caen prend peur. La Convention ne va-t-elle pas imputer aux Girondins la responsabilité du crime et exercer d'impitoyables représailles sur la cité qui les a hébergés? Il faut se soumettre au plus vite : ordre est donné aux bataillons bretons de quitter la ville;

quant aux députés, on leur signifie leur congé de façon brutale, en affichant au portail de l'Intendance le projet de décret qui les proclame *traîtres à la patrie* et les met *hors la loi*. Il faut partir. Où aller? Les fédérés bretons s'apprêtent à regagner leurs départements; le commandant du bataillon du Finistère, Fouchet de la Brémandière, offre aux représentants de les enrôler dans sa troupe, de les inscrire sur ses contrôles, de les armer, de leur fournir « l'étape; » et c'est le sac aux reins, le fusil à l'épaule, marchant dans le rang, que, le 29 juillet, ils s'éloignent de Caen enfin délivré de leur présence compromettante et prêt à faire fête aux émissaires de la Convention.

CHAPITRE II

EN BRETAGNE

Le tragique exode commença joyeusement. Pour ces jeunes gens, presque tous hommes de bureau et d'études, cette escapade par ce bel été, dans cette admirable Normandie, s'annonçait comme une partie de plaisir. Répartis entre les trois compagnies du bataillon du Finistère, les députés jouaient au soldat; nul de leurs compagnons n'ignorait leur qualité; la plupart de ces volontaires étaient de bonnes familles, très informés des événements récents et « fiers d'avoir pour camarades ces représentants au nom desquels la France presque entière, disait-on, s'insurgeait. »

Les fugitifs étaient au nombre de vingt-deux Buzot, Pétion, Barbaroux, Salle, Cussy, Lesage, Bergoeing, Giroust, Meillan, Louvet, Guadet, Valady, Mollevaut, Gorsas, Duchâtel, Kervélégan, Delahaye et Henry-Larivière, tous députés à la Convention; quelques uns de leurs collègues, qui les avaient rejoints à Caen, n'étaient pas du voyage, Lanjuinais, par exemple, ne s'était arrêté qu'un jour dans la capitale de la Basse-Normandie et se trouvait déjà à Rennes où un asile sûr l'attendait. Par contre, quelques amis de la Gironde s'étaient bénévolement mêlés aux proscrits, entre autres Honoré Riouffe, écrivain agréable que l'admiration attachait à leur sort, Marchena, un espagnol, exilé de son pays en raison de son exaltation révolutionnaire, et Le Deist de Botidoux, ancien député des Côtes-du-Nord aux États généraux qui, après avoir figuré à Caen dans l'éphémère état-major du général Wimpfen, regagnait la Bretagne et se faisait fort de procurer aux représentants des asiles où ils pourraient attendre, en pleine sécurité, la fin des mauvais jours. Il faut nommer encore Joseph, le domestique de Buzot, résolu à ne point quitter son maître. Des voitures suivaient la troupe, contenant « les femmes, » c'est-à-dire l'une des filles de Gorsas, Mme Salle et ses trois enfants, d'autres peut-être.

Ainsi avançait-on sur la route de Vire ; on était plein d'espoir et d'entrain : Louvet, à qui cette aventure rappelait certains épisodes de son *Faublas*, jugeait la situation « très piquante » et déclarait fort agréables cette marche militaire, les haltes au bord de la route, le verre de cidre bu à l'auberge, le petit morceau de beurre sur le pain de munition mangé avec appétit. Comme il ne connaissait pas le pays, il laisse dans le vague les détails de l'itinéraire et, sur ce point, la romanesque rèlation qu'il a écrite de cet épique voyage est fort peu précise. Il paraît certain que le bataillon n'abattit pas en un seul jour les quinze lieues qui séparent Caen de Vire. Après Bretteville-la-Pavée qui fut le premier village rencontré, on traversa Verson, long bourg échelonné des deux côtés de la route, puis Mondrainville ; vers le milieu du jour on passa près du village de Noyers, devant une vieille maison qui borde la route et dont l'une des portes est surmontée de cette inscription, datée de 1620 : *Cœur désireux n'a jamais de repos*, maxime de mauvais présage qui dut aux fugitifs inspirer des réflexions mélancoliques. Tous l'avaient eu « le cœur désireux; » par besoin de changement, de luttes, de renommée, ils avaient quitté le modeste état qui leur assurait la vie paisible, le calme bonheur des existences sans éclat; ils s'étaient lancés dans l'ouragan, et l'ouragan les emportait.

Après Noyers, c'est la longue côte de Montbroc dont le sommet domine une immense étendue de pays; le regard découvre au loin la cathédrale de Bayeux; puis c'est la descente vers Villers-Bocage où commence le charmant bocage normand; et c'est là, sans nul doute, que l'on fit la première couchée. Louvet, en parisien amusé de tout, trouvait plaisir à recevoir son billet de logement et à prendre « modestement » gîte chez quelque particulier qui, croyant héberger un volontaire, ne se gênait pas avec lui et le dispensait par là de toute cérémonie. Il est bien vraisemblable que, séparés pendant la marche, les députés se réunirent à la veillée pour discuter de leur situation. Quand le bataillon serait rentré dans ses foyers, que feraient-ils, eux, les *hors-la-loi* dont la France attendait son salut? Le Deist de Botidoux les pressait de se fixer à Rennes, capitale de la Bretagne et de diriger là le mouvement fédératif. Il y mettait tant de chaleur que ses instances inspirèrent quelques soupçons. On parut se ranger à son avis; mais on se fiait davantage à Kervélégan, un collègue, celui-là, réputé pour sa droiture, sa loyale et opiniâtre ténacité bretonne. Mis le 2 juin en arrestation chez lui, rue des Saints-Pères, au troisième étage, sous la surveillance de deux gendarmes, il supportait impatiemment la promiscuité de ses gardiens. Bâti en Hercule, il empoigna, certain jour, l'un d'eux dont l'indiscrétion le harcelait, et le tint suspendu à bout de bras, hors de la fenêtre, au-dessus du vide, menaçant de le précipiter à la première vexation. Assagis par cette démonstration, les gendarmes promettent de se relâcher de leur rigueur si Kervélégan jure de ne point s'évader. Il consent : « Foi de breton, je fais serment de vous prévenir quand j'aurai l'intention de me sauver. » Le 28 juin, vers le soir, tandis que ses deux cerbères se restaurent : « Citoyens, leur dit-il, la main sur le bouton de la porte et un pied déjà hors de la chambre, citoyens, je vous avertis que je m'en vais. Adieu ! » Il sort, donne un tour de clef à la serrure, descend l'escalier, saute dans un cabriolet où l'attend sa fille Lise, agée de quinze ans. « Vingt louis de guides et au galop, » crie-t-il au cocher. Le fiacre, roulant toute la nuit atteignit Mantes au petit jour. De là Kervélégan avait gagné Caen où il était arrivé le 2 juillet.

L'avis de cet homme sans détour et persuasif était que l'on pousuivît jusqu'à Quimper; député et maire de cette ville, il n'y comptait que des amis, même parmi ses adversaires politiques. Ses collègues, présentés par lui, y pourraient vivre aussi longtemps qu'ils le voudraient, sous la sauvegarde de l'honneur breton, et s'y embarquer sûrement pour gagner, au besoin, par mer, quelqu'autre port de France où leur action serait réclamée. Ce plan séduisit d'autant plus que les proscrits se trouvaient, pour la plupart, démunis d'argent. Pétion avait emprunté 2 800 livres à un négociant de Caen, avant de quitter cette ville; Louvet attendait des subsides de Lodoïska qui, à Paris, s'évertuait à réunir toutes ses ressources; Buzot, ayant séjourné à Évreux s'y était muni de quelque viatique; Barbaroux reçut à Caen, de ses amis de Marseille, une certaine somme aussitôt partagée avec sa mère et « une femme qui l'avait aidé; » mais les autres, évadés dans les conditions que l'on sait, étaient absolument dépourvus : Salle, par exemple, ne possédait que 300 livres; Guadet était moins riche encore; il avait laissé à sa femme, restée à Paris, le peu d'argent dont il disposait; nourrice d'un enfant et gardée à vue par un gendarme, la malheureuse, au bout de son maigre pécule, ne subsista que du prix de quelques effets, montres, couverts, linge, qu'elle faisait vendre en cachette.

Leur tenue et leur bagage témoignent, au reste, de l'indigence des Girondins proscrits; beaucoup n'ont ni vêtements ni chaussures de rechange. Il est peu probable qu'ils aient adopté le costume militaire puisque les volontaires eux-mêmes parmi lesquels ils marchent n'ont point de tenue uniforme; ils passent seulement par-dessus leur habillement la vareuse de toile que portent les soldats en manœuvres. Buzot, si élégant d'habitude, est couvert d'une bonne roupe de drap brun à collet et parements de velours cramoisi, d'une culotte de cotonille à raies bleues et blanches et s'est muni d'un sabre et de deux pistolets; Pétion s'est acheté, à Caen, chez Bracou, un pistolet, et, chez Aundeville, au *Gagne-Petit*, un chapeau à trois cornes orné d'une très large cocarde tricolore; mais certains, comme Salle et Guadet, sont à peine vêtus et pas du tout armés. Celui-ci surtout, ordinairement négligé, portant des habits troués au coude, est maintenant misérable; sa belle tête au front superbe, aux cheveux noirs, aux yeux bleus, aux joues maigres, sa belle tête qu'il tient « légèrement inclinée sur l'épaule, » accuse un esprit méditatif, dédaigneux des vanités de la parure. Il est précautionneux, d'ailleurs, car il est pourvu de trois passeports, l'un en blanc et qui pourra servir; l'autre au nom de Guilgot, natif de Rennes; le troisième au nom d'un citoyen Heliès, négociant à Falaise.

La seconde étape fut à Vire : là Louvet eut une grande joie : fatigué de la marche, il s'était couché à six heures et ne parvenait pas à s'endormir lorsque, à minuit, son hôte l'avertit qu'une dame le demandait. C'était Lodoïska arrivant de Paris. La courageuse femme s'était hâtée de vendre tout ce qu'elle possédait de bijoux et venait retrouver son amant afin de partager ses dangers. « Pénétré de sa générosité, » Louvet la conjure « de former avec lui des liens que leur amour rendra indissolubles. » Lodoïska, mariée, on l'a vu, à un bijoutier, s'était empressée, dès l'institution du divorce, d'entreprendre des démarches en vue d'obtenir la rupture de sa première union; mais les délais, prescrits par le décret du 20 septembre 1792, étaient loin d'être écoulés. N'importe; elle céda aux désirs de son amant et, comme le mariage de Jean-Jacques avec Thérèse, celui de Louvet et de Lodoïska fut improvisé et réduit au minimum de cérémonial; Pétion, Buzot, Salle et Guadet reçurent leurs serments; ce fut tout. Ces épousailles, aussi sommaires que peu légales, durent être célébrées le 31 juillet au matin, car on pense bien que le bataillon ne s'arrêtait pas pour si peu. Ce jour-là, encadrant les nouveaux époux, il alla jusqu'à Mortain, — six lieues de Vire, — et, le 1er août, vers la fin du jour, il entrait à Fougères; — dix lieues encore.

Déjà le petit peloton des députés commençait à se disloquer : Henry-Larivière l'avait quitté à Vire, se rendant à Falaise d'où il voulait ne pas s'éloigner; Kervélégan, avec Duchâtel, avait pris l'avance, en fourrier, se rendant à Quimper pour y préparer des logis; Le Deist de Botidoux, persuadé que les proscrits se fixeraient à Rennes, les avait précédés pour les y attendre; on le laissait dans cette illusion; mais plusieurs se méfiaient de lui et Barbaroux surtout insista pour que, évitant Rennes, on se rangeât à l'avis du loyal Kervélégan et que l'on gagnât au plus vite le chef-lieu du Finistère. Au vrai, la situation devient inquiétante et les nouvelles de Paris ne sont point du tout favorables. La Convention bridée par les énergumènes de la Commune s'engage dans la voie néfaste des représailles impitoyables; ceux du parti Girondin qui n'ont pas pu ou voulu fuir, — Vergniaud, Gensonné, Valazé, et d'autres, — sont maintenant en prison où ils ont rejoint Brissot, arrêté, le 10 juin, à Moulins. Le 26 juillet a été rendu un décret ordonnant que la maison de Buzot, à Évreux, serait rasée et que rien, désormais, ne sera bâti sur ce terrain maudit; on y dressera une colonne portant cette inscription : *Ici fut l'asile du scélérat Buzot qui, représentant du peuple, conspira la perte de la république française.* Car les vainqueurs du 2 juin, pour mieux piétiner les vaincus, déversent sur eux les calomnies les plus grossières, et, quoique le pays, en immense majorité, déplore le coup d'État qui a décapité l'Assemblée, il a peur et se courbe. Évreux même, peuplé des amis et des partisans de Buzot, le renie lâchement; pour montrer son zèle, la municipalité accueille par des illuminations le décret draconien; elle brûle sur la place publique le portrait du député tant estimé et aimé il y a moins d'un mois, et aujourd'hui honni; c'est bien l'ignoble Terreur dont s'inaugure le règne.... Les meubles de Buzot sont transportés à la mairie et la démolition de sa vieille maison de la rue de la Petite-

Cité est aussitôt entreprise. Tout ce qu'elle a contenu est vendu à l'encan, sans excepter les hardes du représentant et celles de Mme Buzot, en fuite on ne sait où; les jacobins d'Évreux se partageront triomphalement « la belle culotte de velours vert dragon et celle en velours changeant, les fourreaux de mousseline, de satin gris perle, de taffetas gorge-de-pigeon, et la pelisse de satin blanc à bordure de poil.... » On dispersera tout, jusqu'au manteau porté par Buzot alors qu'il présidait le tribunal d'Évreux, jusqu'à une chaise de commodité, une cage à oiseaux, un petit balai de crin....

L'ingratitude cynique de ses concitoyens fut, pour Buzot, un surcroît d'épreuve; mais son angoisse harcelante était pour la femme qu'il aimait, celle dont il portait le médaillon sur son cœur, la prisonnière de Sainte-Pélagie. Dans l'espoir de la sauver, il avait quitté Paris, et chaque pas qui l'éloignait d'elle accroissait son impuissance. Que faire pour arracher au bourreau celle que ses ennemis tiennent en leur pouvoir? Quel moyen maintenant de soulever le pays et d'abattre les hypocrites despotes qui l'oppriment? Atteindre la mer au plus vite, s'embarquer pour Bordeaux qui, assure-t-on, persiste dans sa révolte contre la tyrannie Montagnarde; prendre la direction du mouvement insurrectionnel qui gagnera de proche en proche et réveillera la France de sa torpeur.... Mais que de jours, que de délais, que d'obstacles en perspective! On allait traverser une région « fort jacobinisée; » le bruit s'y était répandu que les députés hors la loi voyageaient avec les bataillons fédérés rentrant en Bretagne, et les comités locaux rivalisaient à qui reviendrait l'aubaine de les arrêter et de les livrer à la Convention. A Fougères donc, Gorsas redoutant pour sa fille les dangers menaçants, se sépara de ses compagnons et se dirigea vers Rennes; Salle dut abandonner sa femme et ses trois enfants; il les recommanda « à la charité d'un pieux ecclésiastique » qui consentit à se charger d'eux et auquel il abandonna, pour subvenir à leurs premiers besoins les cent écus dont se composait tout son avoir. L'intrépide Lodoïska et la personne qui l'accompagnait, — très probablement l'*Annette* de Barbaroux, — résolurent de ne pas quitter leurs amis; elles voyageaient en voiture, munies de passeports; celui de Lodoïska était au nom de Marguerite de Muelle, — son véritable nom, agrémenté d'une intempestive particule; — la seconde était désignée sous celui de Suzanne Bugnot, veuve Mosanville.

Le 2 août, le bataillon du Finistère, parti de Fougères le matin, parvint dans l'après-midi à Antrain, après une étape de six lieues et demie. Une bande de deux cents « coquins » s'était massée là dans l'intention de le désarmer et de capturer les Girondins. Prévenus à temps, les Bretons firent bonne garde, doublèrent les postes, promenèrent de fortes patrouilles et la nuit se passa sans malencombre. Mais le lendemain, comme on approchait de Dol, vers dix heures du matin, on apprit que la municipalité de cette ville s'opposait au passage des fédérés; elle avait armé sa garde nationale, braqué ses canons devant la maison commune et réclamé à Saint-Malo un renfort. Le bataillon du Finistère, prêt au combat, entre dans la ville, baïonnette au canon et va se ranger en bataille devant l'hôtel de ville; les chefs réclament le maire et le somment de s'expliquer sur les mauvais bruits qui courent. Il avoue que l'esprit de la population est monté, non point contre les volontaires, mais contre les traîtres à la Patrie qu'ils récèlent dans leurs rangs. L'attitude belliqueuse, presque provocante des Finistériens, impose aux Jacobins dolois ; jamais ils ne livreront des hommes confiés à leur loyauté : « Si vous en avez tant envie, battez la charge et venez les prendre ! » Pour éviter une échauffourée, le commandant Fouchet de la Brémandière décide qu'il ne laissera point ses hommes reposer à Dol jusqu'au lendemain, ainsi qu'il en avait le dessein ; après une halte de quatre heures, on quitte d'un pas martial cette ville inhospitalière.

Mais l'éveil est donné sur toute la route ; les administrateurs de Lamballe, jacobins, eux aussi, guettent les hors-la-loi au passage ; ils ont expédié des exprès à Loudéac et à Pontivy afin d'aviser leurs collègues de ces deux villes. Saint-Malo est alerté également. Au sortir de Dol, le bataillon du Finistère et les Girondins ont pris le grand chemin de Dinan, — près de six lieues de pays accidenté et difficile où l'on risque, en maint endroit, de se heurter à quelque embuscade. Nul incident pourtant jusqu'à Dinan, où l'on arriva vers minuit. On y fut très bien reçu : « C'était à qui, écrit Louvet, nous offrirait des lits. »

Ils en avaient grand besoin, après une marche de plus de dix lieues ; nul des fugitifs ne se plaignait, mais il ne restait rien de l'entrain du premier jour : la fatigue, la constatation qu'on avançait en pays hostile, assombrissaient les humeurs. La plupart des Finistériens leur restaient, il est vrai, fidèles ; mais d'autres, plus craintifs, alléguaient que la Convention « étant reconnue par tout le pays, » on se déclarait factieux en protégeant ceux de ses membres qu'elle avait rejetés comme indignes. Les discussions menaçaient de dégénérer en rixes.

Les députés tinrent conseil : il leur parut impossible

de continuer dans ces conditions le voyage jusqu'à Quimper où les attendait Kervélégan. Il fallait se séparer du bataillon et gagner le chef-lieu du Finistère à marches forcées, par des chemins de traverse. Ils communiquèrent leur détermination au commandant qui fit effort pour les retenir; voyant leur résolution prise, il s'appliqua à compléter leur ajustement de volontaires, remit à chacun d'eux un congé bien en règle, choisit, pour les armer, les meilleurs fusils, leur procura de bons sabres, des gibernes bien garnies de cartouches et leur laissa, pour qu'ils le revêtissent par-dessus leurs habits, le sarreau de toile blanc, bordé de rouge que les soldats en route avaient alors coutume de porter. Il leur donna pour guides, six hommes éprouvés, dont un caporal et un sergent et leur offrit même de l'argent, qu'ils refusèrent. Ainsi équipés, ils allaient figurer un petit groupe de volontaires, libérés de tout engagement et regagnant, par le chemin le plus court, Quimper, lieu de leur domicile. La vraisemblance exigeait que Lodoïska et sa mystérieuse compagne ne suivissent point la petite troupe; elles continuèrent leur voyage en voiture par la grande route, et Louvet avoue que cette décision coûta, à sa maîtresse comme à lui, « bien des larmes. »

Le 4 août, les Girondins partirent donc seuls de Dinan, dans la direction du sud-ouest; leur projet était d'éviter le plus possible les chemins de voiture et la traversée des bourgs importants. Leur groupe s'était encore réduit par l'absence de Guadet qui, s'écartant sans cesse du bataillon, n'avait point paru, la veille, à Dinan; Valady et Mollevaut s'étaient attardés en route; Duchâtel et Kervélégan devaient être déjà rendus à Quimper; il ne restait donc que dix députés : Pétion,

Barbaroux, Salle, Buzot, Cussy, Lesage, Bergoeing, Giroust, Meillan et Louvet; le jeune Riouffe ne les avait pas quittés, non plus que le domestique de Buzot, Joseph; Marchena, l'espagnol, compagnon intermittent, s'était égaré et l'on était sans nouvelles de lui; en revanche un autre partisan chaleureux des proscrits les avait rejoints; c'était un jeune homme de vingt-quatre ans, rédacteur du *Patriote français*; il s'appelait Girey-Dupré. Aú total dix-neuf hommes, en y comprenant les six militaires servant de guides.

A la sortie de Dinan, la petite troupe suivit le chemin de Caen à Brest pendant six lieues, au bout desquelles ils atteignaient Jugon, gros village antique, fameux dans l'histoire de la Bretagne; nul ne s'étonna du passage de cette escouade de soldats commandés par deux bas officiers. A une demi-lieue du bourg, les fugitifs, dirigés par leurs guides qui connaissaient le pays, s'engagèrent dans la traverse, à la ferme de la Guérinais. L'itinéraire était bien choisi; durant près de sept lieues, ils n'allaient pas rencontrer un village. Ils s'arrêtèrent pour la nuit à une ferme isolée où ils soupèrent dans la cuisine; maigre repas : un petit lièvre pour dix-neuf marcheurs affamés, du pain noir et de mauvais cidre. On leur ouvrit la grange et ils dormirent sur la paille. Le 5, à la pointe du jour, ils se remettaient en route : après cinq heures de marche dans un pays couvert, ils arrivaient en vue de Moncontour-de-Bretagne, petite ville anciennement fortifiée et posée sur un mamelon. Il eût été prudent de ne point la traverser, dût cette précaution obliger à un détour, mais ils se trouvèrent engagés dans une rue si populeuse que rétrograder aurait paru suspect : c'était un lundi, jour de marché; le bourg était encombré de paysans, de bestiaux et de charrettes. Sur la place se tassait une véritable foule parmi laquelle circulaient « force gendarmes. » Il fallait faire bonne contenance et passer sous ces milliers d'yeux sans attirer l'attention. Ce pas dangereux fut franchi sans à-coup; mais le pauvre Riouffe, qui avait les pieds en sang, traînait derrière ses camarades. Un gendarme arrêta ce mauvais marcheur et lui réclama ses papiers. Riouffe exhiba son congé que le gendarme, esclave des règlements, — ou rendu peut-être soupçonneux par quelques propos entendus dans la foule, — lui ordonna de faire viser par la municipalité. L'éclopé montra ses camarades qui le distançaient et disparaissaient déjà par la porte d'En-Haut : « Où les rattraperai-je? » fit-il. Le gendarme eut pitié et le laissa aller.

A peine les proscrits sortaient-ils de la ville, pressés de quitter le grand chemin de Loudéac pour prendre la traverse de Plémy, qu'ils s'entendirent héler par une voix familière : c'était celle de Le Deist de Botidoux, leur dévoué compagnon des premières étapes. Ne les voyant pas arriver à Rennes où il les attendait, il s'était lancé à leur recherche, avait rencontré à Lamballe Lodoïska, et, par elle renseigné, il était venu jusqu'à Moncontour dans l'espoir de les y rejoindre. Il blâma fort leur imprudence : on les avait reconnus à leur traversée de la ville; lui-même entendit des gens dire : « Voilà Buzot, voilà Pétion. » Pourquoi ne pas suivre son conseil? Pourquoi s'enfoncer dans un pays hérissé d'obstacles et plein de périls? Rennes valait beaucoup mieux. Et Botidoux entremêle ses réprimandes de bruyantes démonstrations d'amitié qui paraissent « déplacées, » en pareille circonstance, à des hommes tombant de fatigue et de faim. Il est dix heures du matin et ils n'ont rien mangé depuis le petit lièvre de la veille; ils réclament à grands cris du pain; Cussy, à bout de forces, supplie qu'on lui procure une bouteille d'eau-de-vie. Botidoux s'empresse, leur indique une ferme où ils iront l'attendre, rejoint sa voiture et retourne à Moncontour pour se munir de provisions.

Une heure plus tard il est de retour; le peu de vivres qu'il rapporte et que les fugitifs se partagent, disparaît en un instant. Botidoux insiste pour les ramener à Rennes; tous refusent énergiquement; il les exhorte du moins à ne pas voyager en bande; qu'ils se concertent; qu'ils aillent se reposer pendant la chaleur du jour dans un bois où il leur fera passer des rafraîchissements. Il leur enverra là des gens sûrs qui les conduiront chez l'un de ses parents, propriétaire du voisinage et chez qui, du moins, ils trouveront un bon repas et passeront une bonne nuit. L'offre était tentante, encore qu'une si exubérante sollicitude semblât aux proscrits singulière; mais leur fatigue plaidait en faveur de la proposition qui fut acceptée.

Les voilà couchés « ventre à terre » dans un fourré touffu; ils ne savent où ils sont; leurs guides eux-mêmes sont déroutés. Vers quatre heures de l'après-midi, un jeune homme se présente comme le neveu de Botidoux; il apporte les rafraîchissements promis; mais il faut, dit-il, patienter encore; l'heure n'est pas venue de se remettre en route. Sur quoi il s'éloigne, « ayant affaire au village prochain; » il sera de retour dans un quart d'heure. Une heure et demie se passe sans qu'il reparaisse. Ces allées et venues sont suspectes; la pluie d'orage tombe à flots et les fugitifs n'osent pas quitter leur fourré et chercher un abri, crainte que le neveu de Botidoux ne les retrouve plus. Au soir seulement, il arrive. On part; le ciel est sombre, la nuit opaque. Ignorant où on les conduit, les proscrits trouvent le chemin long. Leurs guides, se fiant au nouveau conducteur, ne peuvent les rassurer; enfin ils discernent qu'on approche d'un bourg assez fort; un tambour y bat le rappel. Pris de méfiance, Buzot et ses amis protestent qu'ils n'iront pas plus avant. « Ce n'est pas le rappel, c'est la retraite, » affirme l'homme du pays. On écoute : c'est bien le rappel; tous le reconnaissant, sauf l'émissaire de Botidoux : « C'est ainsi qu'on bat la retraite chez nous, » insinue-t-il. Pourtant on l'oblige à tourner le bourg sans y pénétrer; on marche encore et l'on rencontre enfin Botidoux lui-même, toujours démonstratif et prodigue d'amicales protestations. Il s'est évertué; il lui a fallu prévenir celui de ses parents chez lequel ils vont loger; il les attend; c'est à deux pas. On parvient en effet à un joli château entouré de prairies; l'hôte se déclare « charmé » de recevoir les députés Girondins; mais il est surpris de leur visite; Botidoux a négligé, dit-il, de l'en aviser; qu'ils l'excusent; le souper sera maigre et le coucher peu moelleux, car la maison est pleine; il n'a que deux lits à partager entre eux tous; on s'arrangera. On leur sert une omelette et un reste de pâté; on étale cinq matelas dans le salon; ils y dorment tant bien que mal, inquiets d'avoir constaté que, en leur souhaitant bonne nuit, Botidoux les a enfermés à clef.

Il ne les délivra que le lendemain, 6 août, à huit heures du matin et, tout aussitôt il prôna les avantages d'un retour vers Rennes; cette insistance parut si bizarre qu'on n'y répondit que par un froid silence. Alors il conjure les proscrits de ne point pousser plus loin leur dangereux voyage; à Quimper, s'ils y arrivent, ils ne réussiront pas à prendre la mer; l'embargo est mis sur tous les navires et la surveillance incessante. Qu'ils restent donc ici; « il leur trouvera plus d'asiles qu'il n'en faut pour les loger tous » et l'esprit du pays est excellent. Plusieurs sont près de céder; Buzot, découragé et las de la marche est de ceux-là; Lesage et Giroust également; mais Pétion, dont la méfiance s'accroît, regarde Louvet en secouant la tête d'un air mécontent, et celui-ci qui, loin de Lodoïska est un corps sans âme, combat avec chaleur la nouvelle proposition de Botidoux : Kervélégan les attend à Quimper et ils sont résolus à l'y rejoindre.

Le châtelain leur offrit avant le départ un déjeuner « splendide, » en s'excusant de son accueil de la veille, alléguant qu'il hébergeait de jeunes volontaires revenant de la Vendée ainsi que la sœur d'un administrateur du district de Lamballe; c'est ce qui l'avait empêché, à son grand regret, de faire fête aux députés dont il importait que l'incognito ne fut point dévoilé. Il ne voulut point les quitter sans leur faire un bout de conduite; il les accompagna durant deux lieues et leur laissa son fils pour les guider plus avant : puis il rentra chez lui où restaient deux des fugitifs : Lesage qu'une entorse retenait sur son matelas et Giroust qui se déclarait incapable de suivre ses camarades.

La petite phalange, diminuée de ces deux invalides, parcourut 8 lieues ce jour-là sans fâcheuse aventure. Elle s'arrêta, le soir, à Plouguernevel; on lui ouvrit une grange où la paille ne manquait pas. Tous dormaient quand, vers minuit, Meillan fut réveillé brusquement par des coups frappés à la porte; en même temps une voix, du dehors, criait : « Au nom de la loi, ouvrez ! » Meillan pousse son voisin de litière, Bergoeing, qui le conjure de le laisser dormir. Mais les mêmes mots retentissent, comminatoires : « Au nom de la loi ! » Tous les fugitifs sont debout : « Aux armes ! » Chacun, dans l'obscurité, s'ajuste à tâtons et cherche son fusil ; et toujours la voix ordonne : « Au nom de la loi ! — Nous ne sortirons que quand nous serons prêts ! » Ils ouvrent la porte enfin : un gros petit homme, décoré d'un ruban tricolore auquel pend une médaille, se présente ; derrière lui une quarantaine de gardes nationaux, armés de fusils, et une douzaine de gendarmes à cheval. Il a l'air fort embarrassé de son rôle, et, « moitié sautillant, » moitié autoritaire, il expose que le district de Rostrenen, la ville voisine, alarmé de leur passage, l'a envoyé, en qualité de commissaire, pour vérifier leurs passeports. « Que faisiez-vous dans cette grange ? — Nous dormions, » répond Barbaroux ; une voix goguenarde, celle de Louvet, ajoute : « Nous aurions préféré votre lit !... » « Montrez-moi vos papiers. — Pas ici, citoyen ; sur la place, si vous voulez bien. » Et tous, bousculant le petit homme interdit, sortent en masse, fusil à l'épaule, et se rangent en ligne au commandement de leurs sous-officiers. Ils paraissent résolus à livrer bataille et les gardes nationaux reculent à l'aspect de cette bande de forts gaillards, armés jusqu'aux dents. La plupart, en effet, outre leur fusil, portaient à la ceinture des pistolets ; Louvet, par surcroît, trimballait une espingole, cadeau de Lodoïska, dont le canon, évasé en trompe, pouvait cracher vingt balles à la fois. Le commissaire, fort radouci, examinait les papiers ; tous les congés étaient en règle ; pourtant il observa « qu'ils étaient tous d'une même écriture. » « C'est que notre officier, pour les signer, s'est servi de la même main. — Si chacun de nous eût fabriqué le sien, ils seraient tous d'une écriture différente. » Il n'y avait rien à leur répliquer et, sa vérification terminée, le petit homme au ruban tricolore les invita à se recoucher. Ils sentirent le piège et déclarèrent à grands cris que, puisqu'on les avait réveillés, ils en profiteraient pour continuer leur route. Le commissaire, perplexe, consulte ses hommes à voix basse; le résultat de ce conciliabule est qu'il emmènera les soi-disant fédérés à Rostrenen où le district décidera de leur sort. Informés de cette décision, ils protestent; leur sergent, avec le plus beau sang-froid, commande : « Finistère, chargez vos armes! — Elles le sont. — La baïonnette au bout! » A l'instant les baïonnettes sont mises. Le commissaire, visiblement alarmé de l'attitude menaçante de ces terribles grenadiers dont dix sur dix-sept mesuraient cinq pieds neuf pouces, demande s'ils refusent de le suivre à Rostrenen. « Nous ne refusons point parce que c'est notre chemin; seulement nous nous mettons sur nos gardes. Marchons. »

Les Girondins se croyaient perdus; sans se concerter ils étaient décidés à périr en combattant plutôt que d'attendre l'échafaud inévitable. Tout en roulant ces pensées peu folâtres, ils jouaient leur rôle de soldats, ricanant, échangeant des lazzis de caserne, alternant le chant de *la Marseillaise* avec celui de couplets grivois. Rostrenen est à une lieue de Plouguernevel; on y arriva vers deux heures du matin; le district était assemblé; nouvelle vérification des congés, mollement examinés par l'un des administrateurs manifestement ennuyé de l'aventure. Un autre, plus vétilleux, fut interpellé par Girey-Dupré : « Vous avez donc cru prendre des prêtres? — Mieux que cela, nous avons cru prendre des traîtres.

— Oh! dans ce cas, vous vous êtes mal adressés; c'est contre les traîtres que nous avons pris les armes. » Ce mot à double sens décida du salut des « Finistériens. » On leur offrit des logements à Rostrenen; ils refusèrent; le plus sûr, pour eux, était de gagner du terrain au plus vite. On ne pouvait cependant se quitter sans boire un verre de cidre, qu'ils acceptèrent et, tandis qu'on trinquait à la Nation, l'un des administrateurs tira de sa poche un papier : « Tenez, messieurs, dit-il; voyez si nous n'avions pas de raisons de vous soupçonner. » Il leur lut la lettre qu'il plia, de manière à dissimuler l'en-tête et la signature; les fugitifs, fidèles à leur rôle, affectèrent de ne prêter à cette lecture aucun intérêt, mais, tout en buvant et en chantant, ils n'en perdaient pas un mot et apprirent ainsi que les magistrats de Rostrenen avaient été prévenus, dans la soirée, par un particulier bien renseigné, du prochain passage, dans leur localité, de Pétion, Buzot, Barbaroux et autres députés hors la loi, en route pour Quimper sous l'escorte de quelques soldats. Les pseudo-Finistériens achevèrent de boire sans paraître se soucier de cette dénonciation et, prenant congé, ils se hâtèrent de quitter la ville, dans l'intention d'atteindre, avant la fin du jour commençant, le but de leur voyage. Ils dépêchèrent en avant deux de leurs guides afin d'aviser Kervélégan de leur arrivée prochaine.

Soit que les administrateurs du district de Rostrenen eussent été trompés par l'attitude des Girondins, soit, plutôt, qu'ils eussent hésité devant la responsabilité de les livrer à l'échafaud, ceux-ci n'en étaient pas moins signalés et toutes les municipalités de la route se trouvaient, bien probablement, informées de leur approche. Botidoux les avait trahis! Quel autre que lui, en effet, aurait pu repérer aussi exactement l'itinéraire qu'ils devaient suivre? Lorsqu'il écrira, dix-huit mois plus tard, la première version de ses *Mémoires*, Louvet ne l'accusera pas positivement, mais, en le désignant sous l'initiale B..., il le chargera suffisamment pour laisser entendre que ni lui ni ses compagnons n'hésitèrent à incriminer Botidoux de cette odieuse félonie. Il est vrai que, dans les éditions subséquentes, il atténuera ses imputations premières; mais le thème était posé et bien des historiens et des plus consciencieux, l'ont développé sans ménagements et sans pitié.

⁂

Il faut interrompre ici pour quelques instants le récit afin de réparer cette longue et cruelle injustice. Le Deist de Botidoux n'a pas trahi les députés Girondins. Quand il les rejoignit, le 5, à la sortie de Moncontour, c'est loyalement, héroïquement, qu'il leur offrit ses services. Louvet ni Meillan qui, seuls, ont laissé un récit de l'épique randonnée, n'avaient gardé le souvenir des localités qu'ils traversèrent; sans doute n'en connurent-ils jamais les noms. Ils ignoraient où Botidoux les avait retrouvés, dans quel bois il leur conseilla de l'attendre, dans quel château et chez qui il les conduisit pour la nuit. Il importe d'élucider ce parcours : le bois était un fourré de la forêt de Lorges; la petite ville où l'on battait le tambour était Uzel; le château était celui de Bizoin, appartenant à Glais de Bizoin, ancien député à la Législative et oncle de Botidoux. S'ils s'étaient tous fixés, comme celui-ci les en pressait, dans cette région des Côtes-du-Nord, les Girondins auraient échappé à bien des catastrophes, car Lesage et Giroust qui, on l'a vu, suivirent ses avis, passèrent, dans la retraite qu'il leur ménagea, tout le temps de la Terreur.

Quand, le 6 au matin, après la nuit à Bizoin, les fugitifs poursuivirent leur marche, Glais de Bizoin les accompagna, on le rappelle, durant deux lieues. Après les avoir quittés, au delà de Merléac, il rencontra, en revenant chez lui, l'un de ses anciens collègues à la Législative, François-Marie-Allain Launay, procureur de la commune de Carhaix. Celui-ci avait croisé sur la route le peloton des proscrits ; ayant aperçu parmi eux « un homme habillé en noir, » il pensa que c'était un prêtre réfractaire arrêté par des soldats. Glais de Bizoin auquel il parla de cette rencontre, le détrompa, — bien imprudemment, il faut le reconnaître. Il dit que « cet homme noir » n'était autre que son propre fils, servant de guide aux Girondins ; et il nomma Pétion, Buzot, Barbaroux, Salle.... Il ajouta qu'ils avaient couché chez lui, qu'ils y avaient bu et mangé, et qu'ils devaient s'arrêter, en fin de journée, soit aux ruines de l'abbaye de Bon-Repos, soit à Goarec, aux environs de Rostrenen.

François-Allain Launay était un jacobin redoutable : il ambitionna aussitôt la gloire de livrer les hors-la-loi à la Convention triomphante. Poursuivant sa route vers Carhaix, après la confidence de Glais de Bizoin, il s'informa à Bon-Repos, mais sans succès. Il écrivit alors, par exprès, à son frère Jérôme, administrateur du dictrict de Rostrenen, l'avisant du gros secret qu'il venait de surprendre, et ce fut cette lettre qui, dans la nuit suivante, mit en mouvement la garde nationale et la gendarmerie du lieu. Celui des administrateurs qui en donna lecture aux Girondins était bien certainement Jérôme Launay ; et il en cacha la signature pour ne point compromettre le nom de son frère en une affaire des plus graves et dont on ne pouvait prévoir l'issue.

Au matin du 7, Allain Launay arriva à Rostrenen : il apprit de Jérôme les événements de la nuit; on avait, sur sa dénonciation, arrêté les députés proscrits et on les avait laissé fuir!... Furieux il se lança à leur poursuite, mais trop tard. Alors, il recopia sa lettre en quatre expéditions, y ajouta un post-scriptum haletant, daté du 7, et l'expédia aux divers districts du Finistère. Pour laver complètement Botidoux de l'accusation qui pesait sur sa mémoire, il importait de retrouver cette lettre. Un éminent érudit breton, P. Hémon, aujourd'hui disparu, s'est adonné durant plusieurs années à la recherche de ce document démonstratif; après avoir vainement dépouillé, feuille à feuille, plusieurs centaines de liasses aux archives départementales du Finistère, il découvrit enfin, il y a quelque quinze ans, trois expéditions de cette pièce probante et décisive pour l'histoire de la proscription des Girondins. Il est établi désormais, de façon irréfutable, que leur passage fut annoncé à Rostrenen par le sans-culotte Allain Launay. Le Deist de Botidoux n'a pas dénoncé ses amis; il les aurait probablement tous sauvés s'ils eussent suivi ses conseils.

CHAPITRE III

VERS LA TERRE DE GIRONDE

TANDIS que ce nouveau péril s'allumait derrière eux, Pétion, Buzot et leurs compagnons se traînaient sur le chemin de Carhaix. Bien qu'ils fussent en marche depuis trois heures du matin, ils n'avançaient pas : Cussy, tourmenté d'un accès de goutte, gémissait à chaque pas; Buzot, quoique « débarrassé de toutes ses armes, » — son domestique Joseph s'en chargeait sans doute, — Buzot succombait à la fatigue; Barbaroux, « gros et gras à vingt-huit ans comme un homme de quarante, » souffrait cruellement d'une entorse; il n'avait rien perdu de sa gaité, mais il lui fallait l'appui d'un de ses camarades; on se relayait pour le soutenir. Riouffe, blessé par ses bottes depuis plusieurs jours, s'était déterminé à marcher pieds nus; le malheureux était obligé de se coucher souvent pour apaiser un instant ses intolérables souffrances; on ne pouvait le laisser en arrière et il arrêtait toute la colonne. Enfin Joseph lui procura une mauvaise paire de souliers qui lui permirent de suivre les autres. Pétion, que ces retards exaspéraient, perdit lui-même sa belle insouciance; il exigea qu'on pressât la marche, et « s'emporta assez vivement pour n'admettre aucune excuse. » Mais le moyen de lui obéir? Vers midi, exténués, tombant de sommeil et de faim, les proscrits firent halte en un hameau où ils trouvèrent à manger une omelette au lard. Leur hôte but avec eux un verre de cidre et leur confia que deux brigades de gendarmerie les attendaient à Carhaix.

On délibéra; nul moyen d'éviter ce bourg; mais en le tournant à distance, on pouvait espérer ne pas être aperçu. En dix heures on fit cinq lieues; il était nuit noire quand on approcha de l'endroit redouté; les guides, envoyés en éclaireurs, revinrent bientôt, déclarant qu'on ne pouvait s'écarter de la ville sans risquer de s'enliser dans des marais. On se hasarda donc à la traverser : « Puisqu'il faut mourir, gémissait Cussy, mieux vaut mourir là que quatre lieues plus loin! » En file, à pas légers, dans le plus grand silence, on s'engagea dans la rue du bourg. Tout y semblait endormi. On était aux trois quarts du périlleux trajet quand une fille, quittant un enfoncement où elle paraissait embusquée, poussa la porte d'une maison éclairée d'où sortaient des chants et des rires : « Les voilà qui passent, » dit-elle. Pour le coup, les plus éclopés hâtèrent le pas; la ville finissait à quelques toises de là, les fugitifs se jetèrent dans un chemin creux, « si obscur qu'on n'y pouvait rien distinguer. » Il aboutissait à un autre chemin uni et sablé comme une allée de parc; l'idée d'être poursuivi rendait à tous de l'agilité; en moins d'une heure, on parcourut une lieue. On s'arrêta. Pas un bruit; on se tapit sur l'herbe, à l'abri d'une haie; mais, en se groupant pour dormir, on s'aperçut que deux des quatre guides avaient disparu. Les deux qui restaient ne connaissaient pas la région. Les soupçons renaissent; on se croit trahi de nouveau. La nuit fut dramatique : ne pouvant trouver le sommeil, les malheureux cherchent à s'orienter; ils se heurtent à une haie de dix pieds de haut, la franchissent non sans dommage, tombent dans un marécage où l'on enfonce jusqu'à mi-corps. Pour se tirer de là ils s'agrippent à des buissons d'épines qui les déchirent; rencontrent des fossés, qu'ils sautent, et, après deux heures de cette gymnastique harassante, se retrouvent avec désespoir dans le chemin creux, à deux portées de fusil, à peine, de Carhaix.

On reprend haleine; on se concerte. Rentrer dans le bourg et s'informer, c'est se livrer. Le plus urgent est de s'éloigner, et l'on repart, excédés, titubant, dormant debout, découragés. Tantôt l'un, tantôt l'autre s'abat et refuse de se relever. Il faut faire halte encore et dormir une heure. « Jamais, écrit Louvet, plume ne nous parut aussi douce que l'herbe haute qui nous reçut.... » Quand on reprit la marche, le jour pointait, et l'on constata qu'un seul des deux derniers guides était là; l'autre avait dû rester endormi à la récente pose, et nul ne se sentait de force à l'y aller retrouver.

Il apparaît que les proscrits ne surent jamais quel trajet ils effectuèrent ce jour-là. Il est présumable qu'ils se trouvaient dans cette région d'immenses landes qui dévalent au flanc des Montagnes noires. On a quelque indice qu'ils laissèrent Châteauneuf sur leur droite, Gourin sur leur gauche et passèrent par Roudouallec. Où mangèrent-ils pendant cette longue randonnée de dix lieues? Nulle part. Ils rencontrèrent bien, raconte l'un d'eux, « quelques chaumières; » mais, du plus loin qu'on les aperçut, « portes et fenêtres se fermèrent de tous côtés. » Enfin, le 8 août, vers neuf heures du matin, ils croisèrent un voyageur qui les renseigna. Ils n'étaient plus qu'à deux lieues de Quimper.

Mais comment oseraient-ils s'en approcher davantage dans l'état où ils se trouvaient, couverts de boue, vêtements en loques, barbes de huit jours, boiteux, fourbus, se soutenant à peine? Ils se réfugièrent donc sous un bosquet de vieux arbres, expédièrent leur dernier guide à Kervélégan, et résolurent, malgré la faim qui les torturait, d'attendre qu'il revint les chercher en compagnie de leur collègue ou de quelqu'un de ses amis. C'était le plus sûr; mais que de risques d'échouer au port! Durant les quatre heures au moins qu'ils séjourneraient là, n'était-il pas à craindre que des passants les découvrissent? Douze hommes armés, couchés dans l'herbe, sous l'ondée, — car la pluie tombait depuis le matin, — ne paraîtraient-ils pas terriblement suspects? D'autant plus qu'aucun d'eux ne sachant un mot de bas-breton, ils ne pourraient se donner pour des soldats du pays rentrant à leurs foyers. Épuisés par trente-deux heures de marche ininterrompue, vautrés dans la boue liquide, trempés par l'eau qui tombe du ciel à torrents, ils ont perdu tout ressort et toute énergie. Girey-Dupré, le plus gai de la bande, ne rit plus; « le bouillant Cussy accuse la nature; » Salle grommelle contre tout le monde; « Buzot paraît accablé; » Barbaroux lui-même « sent sa grande âme affaiblie; » Pétion seul, inaltérable, « garde un front calme et sourit aux intempéries. » Quant à Louvet, il voit dans sa chère espingole sa dernière ressource.... Mais mourir au moment de revoir Lodoïska.... O dieux!

Les dieux ainsi implorés veillaient encore sur eux; car, à peine leur guide eut-il quitter les proscrits, que, en s'acheminant vers la ville, il rencontra un cavalier. Celui-ci l'examina curieusement au passage, se retourna pour l'examiner encore, puis revint sur lui et lui demanda « s'il n'était point un fédéré du Finistère. » Le guide hésitait; pourtant il répondit affirmativement. Bref, de réticences en questions hasardées, la confiance s'établit et on s'expliqua. Le cavalier était le citoyen Abgral, ami de Kervélégan et procureur du district de Quimper. Sans nouvelles des représentants vagabonds, il s'était avancé sur le chemin de Carhaix afin d'aller à leur rencontre. Le guide l'amena vers ceux qu'il cherchait et qu'il trouva prostrés, mornes, attendant la mort. Au premier mot de ce sauveur, tous furent debout, joyeux et dispos. Il s'empressa de les réconforter et leur fit servir, chez un paysan, du pain noir et de l'eau-de-vie; puis il les conduisit au village le plus proche, Ergué-Gaberic, où il les hébergea, en attendant la nuit, chez le curé constitutionnel, l'abbé Rolland Coatmen, auquel il les présenta « comme des administrateurs du département qu'un décret d'accusation forçait à se cacher. »

Le curé les sécha, les réchauffa, les traita avec dévouement et, quand la nuit fut venue, enfin reposés et nettoyés, ils se glissèrent silencieusement jusqu'à un petit bois où les attendaient les émissaires de Kervélégan. Ceux-ci avaient amené des chevaux pour les blessés; en deux heures de marche facile on atteignit donc, vers minuit, les premières maisons de Loc-Maria, le faubourg de Quimper, et là, il fallut se séparer. Cussy, Bergoeing, Salle, Girey-Dupré et Meillan devaient traverser toute la ville et se rendre, à une demi-lieue au delà, au manoir de Toulgouat qu'habitait Kervélégan. Louvet y était attendu également; mais son premier mot, en se trouvant parmi des amis, avait été pour s'informer si Lodoïska était arrivée; apprenant qu'elle se trouvait, depuis l'avant-veille à l'auberge, il protesta qu'il ne quitterait pas les lieux qu'embellissait la présence de sa tendre amie, et, cédant à ses vœux, on le logea, à Loc-Maria même, chez un industriel, nommé Clément de la Hubaudière, avec Barbaroux et Riouffe, tous deux incapables d'aller plus loin. Pétion fut conduit « à une campagne voisine, » chez un certain Roujoux où il retrouva Guadet qui, s'étant écarté, on l'a dit, de ses collègues au cours du voyage, avait gagné Quimper isolément et sans être inquiété. Pour Buzot était ménagé un asile dans le ci-devant couvent du Calvaire, habité par le citoyen Daniel de Coloë à deux portées de fusil de la ville.

Après les émotions et les fatigues de la route, les premiers jours de quiétude et de repos parurent délicieux. Malgré qu'on les exhortât à la prudence, les bannis se jugeaient en telle sécurité qu'ils croyaient avoir touché la fin de leurs misères. Kervélégan ne les avait pas trompés; idole du pays, il suffisait qu'il se déclarât leur protecteur pour que les loyaux bretons se dévouassent corps et âmes à ces parias, et ceux-ci, éventés et légers comme des enfants, se confiaient, sans précautions à cette hospitalité. Ainsi Duchâtel, le député des Deux-Sèvres, arrivé quelques jours avant le gros de la bande et logé à l'auberge, sous son vrai nom, se promenait par toute la ville, ne cachant à personne sa qualité de représentant et de proscrit. A vingt-sept ans, élégant, distingué et de jolie figure, il montrait en toute occasion une insouciance proche voisine de la témérité : c'est lui qui, au mois de janvier 1793, malade, s'était fait porter en bonnet de nuit à la Convention pour y voter, aux huées des tribunes, contre la mort de Louis XVI. A Quimper il s'occupait ostensiblement à fréter, pour ses collègues et lui, une barque désemparée sur laquelle il comptait « gagner Bordeaux en trois jours de beau temps. » A qui lui observait qu'un pareil projet semblait bien hasardeux, que le temps pouvait se gâter, qu'il faudrait esquiver les gardes-côtes, échapper aux corsaires anglais croisant continuellement au large, Duchâtel répliquait, sans plus de développement, que « tout cela ne présentait aucune difficulté. » Lodoïska et Louvet ne se montraient guère plus prudents; ils s'installaient : elle avait loué une jolie maison à Penhars, village voisin de Quimper; c'était un ancien presbytère, avec un assez grand jardin et vue sur la rivière, l'Odet. Il est vrai que Lodoïska y avait construit « une retraite impénétrable aux assassins, » où Louvet, « en cas d'attaque, » s'enfermerait avec son espingole. Rassurés de ce côté, Louvet et sa maîtresse « s'abandonnèrent à la douceur présente de leur position » — « qu'elles étaient belles ces journées obtenues au prix de tant d'orages! » L'auteur de *Faublas* et sa compagne recevaient le soir « peu de personnes, à la vérité, » et cette existence leur parut à tous les deux si douce que, quand la barque de Duchâtel fut gréée, prête à prendre la mer, Louvet refusa de s'y embarquer. Il lui eût fallu abandonner Barbaroux, car, le beau Marseillais, à peine gîté chez La Hubaudière, avait été atteint de la petite vérole. Comme il était en pleine fièvre, le 13 août, à neuf heures du soir, le feu prit à la maison; tout Quimper accourut pour porter secours; la chance permit que, de la foule qui envahit l'immeuble, personne n'eut l'idée, — ou l'indiscrétion, — de pénétrer dans la chambre du malade. Buzot, de son côté, ne montrait point de hâte à quitter Quimper; sa femme venait d'y arriver, en détresse, fuyant les persécutions de ses anciens amis d'Évreux. Sa maison rasée, ses meubles vendus, elle s'était sauvée, sans ressources, pour éviter le sort de Mme Pétion, récemment arrêtée à Lisieux avec son jeune fils Étienne. Mme Buzot, plus âgée de treize ans que son mari, était laide, contrefaite et peu intelligente. Quoiqu'il ne parle d'elle, dans ses différents écrits, qu'avec déférence et même attendrissement, ce n'était certainement pas la présence indésirée de cette compagne peu séduisante qui retenait Buzot en Bretagne; mais il y avait récemment reçu une longue et brûlante épître de Mme Roland, et, sans doute, craignait-il, en s'éloignant, d'être privé du réconfort que lui apportaient dans sa proscription les billets de sa tendre et stoïque amie et de perdre à tout jamais l'espoir de la retrouver.

Elle est précieuse cette lettre, d'abord parce qu'elle révèle implicitement l'existence de rapports assez inexplicables entre les deux amants : comment, en effet, la prisonnière de Sainte-Pélagie, étroitement surveillée, connaissait-elle la retraite et l'adresse de Buzot? Comment sa missive put-elle lui parvenir? C'est donc que Buzot lui avait écrit, de Quimper, en lui indiquant un moyen sûr, qu'on n'aperçoit point, de correspondance. Car, bien qu'elle y déguise sa personnalité, la grande amoureuse s'épanche, dans cette lettre, en termes mal voilés et en périphrases transparentes; elle parle de son mari, — *le vieil oncle*, — toujours caché à Rouen et avec lequel elle reste également en relations épistolaires : « Il est tombé, écrit-elle, dans un affaissement horrible; il baisse d'une manière effrayante; sa vie, toute menacée qu'elle soit, peut cependant se prolonger beaucoup; mais faible, ombrageux, difficile, il trouve cette vie un supplice et la rend telle à ceux qui sont près de lui. » Elle apprend à son ami que *le vieil oncle*, affolé de jalousie, a entrepris d'exhaler son ressentiment contre son rival et de dévoiler à la postérité l'infamie de celui-ci; mais, malgré ses fers et l'éloignement, elle a exigé du malheureux Roland qu'il brûlât ce testament indigne et le pauvre homme, la rage au cœur, a consenti, par amour pour elle, à ce dernier sacrifice. Elle conseille ensuite à Buzot d'émigrer en Amérique : c'est le seul moyen de conserver l'espoir de la retrouver un jour. — « Adieu, l'homme le plus aimé de la femme la plus aimante. Va, je puis te le dire, on n'a pas encore tout perdu avec un tel cœur; en dépit de la fortune il est à toi pour jamais.... Adieu! Oh! comme tu es aimé! »

Mme Roland était bien renseignée : l'apparente tranquillité dont les proscrits jouissaient à Quimper ne fut pas de longue durée. D'abord Botidoux reparut; ayant suivi les Girondins à la piste, il débarqua un beau jour et s'informa de leur retraite : c'était, de sa part, pure sollicitude; mais ils s'en inquiétèrent, et, persuadés de sa traîtrise, ils ne se montrèrent pas, Duchâtel, le seul qu'il pût voir, car il ne se cachait guère, le reçut froidement et le dérouta en assurant que « ses compagnons étaient réfugiés dans les environs de Lorient. » D'ailleurs, le Comité de salut public n'ignorait plus le séjour des hors-la-loi dans le Finistère. Buzot assure avoir tenu en mains une lettre adressée par le ministre de la justice, Gohier, pressant les administrateurs de ce département mal noté « de livrer les fugitifs, pieds et poings liés au tribunal révolutionnaire. » Un peu plus tard la Convention allait dépêcher en Bretagne l'un de ses plus farouches agents, Héron, avec mission d'y arrêter les représentants rebelles. Leurs protecteurs conçurent des craintes : après huit jours de repos chez Kervélégan, Cussy, Salle, Bergoeing, Meillan, ainsi que Girey-Dupré, durent abandonner, sous la menace d'une visite domiciliaire, leur asile trop exposé. Abgral les conduisit, de nuit, à cinq lieues de là, plus loin que Pont-l'Abbé, à Plomeur, et les logea chez le curé de l'endroit. C'était un ancien Père Jésuite, nommé Jérôme Loëdon; ces hôtes compromettants ne devaient séjourner chez lui que durant vingt-quatre heures; ils y restèrent trois jours, car la vieille barque frêtée par Duchâtel pour les porter en Gironde, n'était décidément pas en état de prendre la mer. L'abbé Loëdon s'alarmait; il leur fallut chercher une autre cache et ils passèrent une nuit et un jour, — — tapis dans une chambre, « sans remuer, sans parler, » car les gens de la maison n'étaient pas sûrs, — à la campagne de Fouchet de la Brémandière, le commandant du bataillon qui les avait généreusement enrôlés, à Caen, dans sa troupe. Ils se trouvaient là au bord de l'Odet et, le 20 août, le bateau tant espéré parut enfin : c'était un petit sloop, la *Diligente*, qu'avait procuré la Hubaudière; à bord étaient déjà Duchâtel, et avec lui Riouffe, et aussi Marchena, l'espagnol, l'intermittent compagnon du long voyage. Alors seulement les fugitifs apprirent, par une lettre de Pétion, que celui-ci, ainsi que Buzot, Louvet, Guadet et, bien entendu, Barbaroux, toujours malade à Loc-Maria, préféraient attendre une autre occasion et se rendre à Bordeaux par une voie différente. Cette défection affligea les partants; mais il n'y avait plus à balancer; ils embarquèrent près de Rossulien, petit village sur la rivière, subirent sans avarie la visite de la douane et, le 21, navigateurs novices, ils mettaient à la voile. Laissant à tribord la pointe de Combrit, à bâbord celle de Benodet, ils affrontèrent intrépidement l'Océan.

***

Cependant les rares Maratistes de Quimper commencent à s'agiter; au club, Lodoïska est dénoncée : « puisque, à Paris, les femmes de Guadet et de Pétion sont emprisonnées ou, tout au moins, gardées à vue, pourquoi laisserait-on la liberté à la compagne de Louvet? » Évidemment le séjour des députés traîtres à la Patrie n'est plus, à Quimper, un secret pour personne; il est urgent de se précautionner : Louvet quitte Penhars et se réfugie, à quelques lieues de là, « dans une maison isolée. » Son récit est le seul que l'on possède, pour cette période de l'exode des Girondins; écrit alors que la Terreur sévissait encore, il abonde en réticences et en dissimulations, soit que Louvet redoute de compromettre, en les citant, les courageux citoyens qui lui donnèrent asile; soit que, poussé de cache en cache, dans cette Bretagne qui lui est totalement inconnue, il n'ait jamais su lui-même les noms des villages ou des manoirs où on l'abrita. La « maison isolée » dont il parle était celle du ci-devant marquis de Prunelé, ancien officier de l'armée royale. Privé de la visite de ses amis, dont il ignorait le sort, privé surtout de la compagnie de son adorée maîtresse, confinée, comme lui, il ne savait où, Louvet s'ennuyait à périr, et, pour « se distraire, » il composa son *Hymne de mort* qu'il se promettait de chanter lorsqu'il irait à l'échafaud. L'inspiration en est assez pauvre; mais Lodoïska y a son complet.

.... Et toi qu'à regret je délaisse,
Amante si chère à mon cœur,
Bannis toute indigne faiblesse,
Sois plus forte que ta douleur.

Liberté! Liberté! Ranime et soutiens son courage
Pour toi, pour moi, qu'elle porta le poids de ses jours.
Son sein, peut-être, enferme un gage,
L'unique fruit de nos amours.

Prévision attendrissante, mais, pour lors, prématurée. En dépit de cette poétique élucubration qui n'ajoute rien à sa renommée, Louvet trouvait le temps bien long chez Prunelé. Après dix ou douze jours d'anxieuse impatience, il reçut la visite d'un inconnu, qui se prétendait envoyé par Lodoïska; elle était chez lui, disait-il, et il proposait à Louvet d'y venir habiter avec elle. L'offre était tentante, mais louche. Louvet fit mine de l'accepter et promit de rejoindre, à la nuit noire, le soi-disant émissaire de son amie, en un endroit dont ils convinrent. Comme bien on pense, il n'avait nullement l'intention de se risquer à ce rendez-vous suspect, et il ne bougea pas de sa chambre jusqu'au matin.

Le lendemain, l'inconnu reparut. Après avoir attendu durant toute la nuit, sous l'averse, comprenant, à l'aube que Louvet se méfiait de lui, il avait regagné son village et il en revenait tout courant, rapportant cette fois une lettre de Lodoïska protestant que le porteur méritait toute créance. Louvet le suivit aussitôt, encore que « tant de zèle lui parut étonnant de la part d'un homme qui ne le connaissait que de réputation. » Mais tels étaient les dévouements que suscitait chez les honnêtes bretons la détresse des représentants opprimés. Combien risquèrent, comme celui-ci, la mort pour venir en aide à ces Girondins dont ils ne partageaient pas les idées politiques, mais qui s'étaient confiés à leur loyauté. Louvet n'a pas révélé le nom de ce sauveur qui lui tombait du ciel; il s'appelait Louis-François Chappuis et était âgé de quarante-six ans; cultivateur, entreposeur de tabacs, industriel à l'occasion, armateur pendant la saison de la pêche de la sardine, il habitait à cinq lieues de Quimper une localité que Louvet a cru devoir également ne pas citer, discrétion qui a donné l'essor à des légendes. Les *guides* les plus sérieux signalent encore aujourd'hui aux touristes « le château de Kervenargan » sur le territoire de la commune de Poullan, comme étant celui « où se cachèrent Buzot, Pétion, Guadet, Barbaroux et Louvet; » certain chroniqueur, et non des moindres, y a même *vu* « l'étroite pièce en contre-bas, prenant jour sur les bois par une espèce de meurtrière, l'*enfer*, où se terraient les illustres parias.... » Or ce n'est pas à Kervenargan, mais à Kervern, dans la commune de Pouldergat, que demeurait Chappuis ; sa maison confinait au village de Pouldavid, à une demi-lieue à peine de Douarnenez ; Buzot, Pétion et Guadet n'y vinrent jamais.

Chappuis fut admirable : il logeait Louvet et Lodoïska sous son toit, dans une chambre au-dessous de laquelle habitait « un gendarme que ses camarades visitaient toute la journée. » Chappuis surveillait tout, parait à tout; survenait-il quelques commissaires apportant des ordres secrets, il les abordait, buvait avec eux, leur tirait les nouvelles; annonçait-on quelque visite domiciliaire, il aménageait de ses mains une cache défiant toutes les fouilles : Lodoïska et Louvet passèrent un jour entier ensevelis dans cette niche; lui, Chappuis, s'était placé en sentinelle, prêt à défendre ses hôtes et à mourir pour eux. Lodoïska parlait-elle de tenter un voyage à Paris afin de sauver les débris de sa petite fortune, Chappuis s'offrait à l'accompagner. Louvet s'attristait-il d'être séparé de Pétion, de Buzot et de Guadet et d'ignorer leur sort, Chappuis proposait aussitôt de se mettre en quête. Au reste il s'occupait à préparer l'embarquement des cinq amis; on guettait le moment favorable pour les conduire à la rade de Brest où une barque les porterait, de nuit, jusqu'à un navire marchand en partance pour Bordeaux; et Chappuis jurait qu'il ne cèderait à personne « l'avantage » de les conduire, avec armes, chevaux et provisions, jusqu'au bord de la mer quand viendrait l'heure du départ.

Dans les premiers jours de septembre, — les dates sont mal précises, — Barbaroux qui, depuis son arrivée à Quimper n'avait pas quitté la maison de La Hubaudière, au faubourg de Loc-Maria, se trouva guéri. La Hubaudière, se sachant dénoncé et jugeant qu'il y aurait danger, et pour les siens, et pour Barbaroux lui-même, à garder plus longtemps le député marseillais, cherchait pour celui-ci un asile. Chappuis brigua et obtint l'honneur de l'héberger à Kervern. La Hubaudière l'y mena sans tarder. Barbaroux laissait à Loc-Maria le manuscrit de ses *Mémoires*, dont il avait commencé, durant sa maladie, la rédaction, et une large cocarde tricolore enlevée de son chapeau. Le manuscrit fut détruit, par prudence; la cocarde, moins compromettante a été précieusement conservée[1].

1. Elle était, en 1914, en la possession de l'érudit P. Hémon qui préparait, lorsqu'il décéda, un ouvrage sur la proscription des Girondins en Bretagne. C'est aux renseignements fournis par P. Hémon, que le présent petit livre doit le meilleur de sa documentation.

Chappuis reçut donc Barbaroux à Kervern et dressa pour le nouveau pensionnaire un troisième lit dans la chambre qu'occupaient déjà Louvet et Lodoïska. D'ailleurs sa maison devait être pleine, car il logeait encore, quelques jours plus tard, la mère de Barbaroux, venue de Marseille pour se réfugier auprès de son fils ; avec elle se trouvait cette *Annette* dont le nom a été cité déjà au cours de ce récit, celle-là même, peut-être, qui, de Caen à Quimper, avait voyagé avec Lodoïska sous le pseudonyme de Suzanne Bugnot, veuve Mosanville. On a dit plus haut qu'elle s'appelait, en réalité, Marie Harlove et que Barbaroux avait eu d'elle, à Marseille, l'année précédente, un fils qu'elle amena, sans doute, en Bretagne. Cette réunion de famille dura peu : le 20 septembre, à cinq heures de l'après-midi, Chappuis, à l'improviste, apprit à Louvet et à Barbaroux que le navire sur lequel leur passage était clandestinement retenu, mettrait à la voile, à Brest, la nuit suivante. Tout était prêt, bagages, passeports, et l'on devait, sans perdre un instant, gagner la rade, distante de dix lieues. Seulement, en dépit des prévisions, on n'admettrait à bord aucune femme.... Quel déchirement ! « Quel coup de foudre ! » Louvet, d'abord, refusa de partir, Lodoïska le rappela au devoir, promettant de le rejoindre par terre, à Bordeaux, après un court séjour à Paris. On abrégea les adieux ; on se quitta dans les larmes. Barbaroux, toujours indolent, s'attarda : il abandonnait, dans ce pays perdu, sa mère, « sa femme.... » Malgré qu'aucun chroniqueur, aucune relation n'aient jamais mentionné la présence de celle-ci à Kervern, on est bien forcé de l'admettre puisque c'est là que, moins d'un an plus tard, elle devait mourir. Quand, en 1816, se maria à Nîmes, le fils qu'elle avait eu de Barbaroux, l'acte authentique de ce mariage indique que Marie Harlove, « mère du futur époux, est décédée dans la commune de *Pont-David* (*sic*), département du Finistère, le 7 messidor de l'an II. » Une note, jointe, précise : « comme elle était cachée, les personnes de la ferme ne firent aucune déclaration, et il n'y eut point d'acte de dressé. »

La Hubaudière était venu de Quimper pour y prendre à Kervern Barbaroux auquel Chappuis prêta son cheval. Un autre cheval attendait Louvet à la sortie de Ploaré qui est un faubourg de Douarnenez. A peine en selle, on partit sur le chemin de Kerlas. Il n'y avait pas de temps à perdre, car on devait être à la rade de Brest à onze heures du soir pour ne point manquer le passage de l'*Industrie*; tel était le nom du navire sur lequel on allait embarquer. Deux grosses lieues jusqu'à Plonévez-Porsay où l'on rejoignit les deux frères Pouliquen, armateurs de l'*Industrie*, ainsi que Pétion, Guadet et Buzot, arrivant de Quimper; ce dernier y avait laissé, auprès de sa femme, sans doute, son fidèle domestique, Joseph.

De Plonévez, les cinq députés et leurs trois compagnons, tous montés, prirent la route qui, sans traverser aucun village, contourne la baie de Douarnenez. Bien qu'on se hâtât, il faisait depuis longtemps nuit noire quand on atteignit *la lieue de grève* que suit un désert de landes incultes et accidentées, et c'est avec une grosse heure de retard qu'on atteignit Telgrue, le seul gros bourg de l'itinéraire. A cet endroit on était encore à deux lieues de Lanvéoc, le petit port où une chaloupe de l'*Industrie* devait attendre les fugitifs. On y arriva vers minuit. Point de chaloupe. On entre dans une auberge; on soupe sans entrain car, dans la pièce voisine, boit, en compagnie, le commandant du petit fort qui domine la plage. L'un des frères Pouliquen court réveiller des pêcheurs, leur offre triple salaire pour mettre leur barque à l'eau; ils allèguent que la marée n'est pas assez haute, qu'il faut patienter plus d'une heure encore. Ils appareillent enfin; les cinq proscrits et leurs trois sauveurs s'embarquent; on vogue.... Mais vers quel point de la rade se diriger? Comment distinguer un bateau dans l'obscurité profonde, sur cette immense étendue d'eau? L'*Industrie* faisant partie d'un convoi ne peut ni empanner, ni louvoyer; il faut l'accoster au passage et l'esquif où les huit hommes sont entassés avec leurs deux rameurs, erre, sans but, dans la nuit opaque. Nuit tragique car si, comme on doit le craindre, on a manqué le navire, tout est compromis pour longtemps; et quel espoir de regagner la terre et d'y aborder sans éveiller l'attention des gardes-côtes et des douaniers?

Le jour se lève; aussi loin que porte la vue, aucune voile n'apparaît; la rade est déserte. Six heures, sept heures, sept heures et demie.... Tout espoir est abandonné. A quoi se résoudre? Quel nouveau plan former? On se tait, consterné quand, soudain, l'un des frères Pouliquen pousse un cri : « L'*Industrie*! » Le navire est là, tout proche; on le hèle, on l'accoste en quelques coups de rame, on s'y hisse, on est sauvé. Valady, embarqué à Brest, est à bord; les frères Pouliquen embrassent les proscrits, les recommandent au capitaine, un loup de mer, nommé Granger, qui les installe dans sa cabine, jure qu'il les portera sans malencombre jusqu'en Gironde, et l'on se quitte. La Hubaudière et les deux armateurs regagnent leur barque qui cingle vers Brest, tandis que l'*Industrie*, faisant force de voiles, tente de rejoindre le convoi dont elle s'est écartée.

De cette traversée mouvementée Louvet a tracé une relation dont les nombreuses péripéties ne semblent pas mériter toute confiance. C'était, à coup sûr, son premier voyage sur mer et l'on a quelque motif de croire que, sa fertile imagination aidant, l'auteur de *Faublas* exagère un peu les périls qu'il crut affronter : tempête, révolte de l'équipage, rencontre présumée des corsaires anglais, rien ne manque à ce récit émouvant. Ce qui permet de supposer que la traversée fut des plus favorables, c'est que, sorti le 21, vers midi, de la rade de Brest, l'*Industrie* entrait, le 23, à la tombée du jour, en Gironde, et, le lendemain, dès l'aube, le capitaine Granger conduisait lui-même à terre, dans un canot, les six proscrits qui débarquèrent au Bec d'Ambès.

Quelle joie pour eux, après tant et de si rudes traverses, de fouler enfin le sol de ce département fameux, dont ils étaient, en quelque sorte, les filleuls. Que de fois Guadet leur avait vanté les charmes opulents de la région bordelaise et l'esprit indépendant et libéral de ses habitants! Au Bec d'Ambès, Guadet se trouvait chez lui, car son beau-père, le citoyen Dupeyrat, y possédait une campagne. Il laissa Buzot, Pétion, Barbaroux, Louvet et Valady dans une auberge du petit village dont les toits de tuiles dorées par les étés font si bel effet parmi les oseraies et les peupliers de la rive, et il se dirigea vers la maison Dupeyrat. — Personne; tous les volets clos. Dans les dépendances, un paysan, nommé Blanc, travaillait à des tonneaux; Guadet l'aborda, disant qu'il était un parent du citoyen Dupeyrat : « Je ne te connais pas », fit l'autre. Guadet aurait voulu ne pas se nommer; sa barbe, très longue et très noire, le rendait, en effet, méconnaissable; mais il fallait brusquer les choses : « Allume-moi du feu, commanda-t-il, je suis Guadet, gendre du citoyen Dupeyrat ; je vais chercher des amis. » Blanc ouvrit la maison tandis que Guadet retournait à l'auberge où l'attendaient ses compagnons. Il les trouva consternés ; ils venaient d'apprendre par l'aubergiste, fougueux jacobin, que la Terreur régnait à Bordeaux ; les délégués de la Convention avaient réprimé l'insurrection naissante en prenant la ville par la famine ; la municipalité et tous les fonctionnaires d'opinion girondine, étaient en fuite ou incarcérés. « Impossible ! » protestait Guadet, terrifié à la pensée que si les choses étaient à ce point, il aurait attiré ses amis dans un piège. On lui précisa ce que l'on venait d'entendre, à savoir qu'un décret de la Convention déclarait traîtres à la Patrie et mettait hors la loi tous ceux des habitants de Bordeaux coupables de résistance au coup d'État du 2 juin, et la noble ville, domptée, s'était soumise.

Guadet se refusait à le croire ; il décida d'aller se rendre compte par lui-même de la situation. Ayant brillamment exercé à Bordeaux la profession d'avocat, et, par deux fois, obtenu, lors des élections à la Législative et à la Convention, les suffrages de ses concitoyens, il comptait dans la ville de nombreux amis et de chauds partisans ; il était sûr de ceux-là, qui ne plieraient pas sous le joug des démagogues ; il partit donc, vers trois heures de l'après-midi, emmenant Pétion ; les autres restèrent à la maison Dupeyrat, confinés, déjà reclus sur cette terre promise dont ils avaient espéré, par leur seule présence, galvaniser la population.

On compte cinq lieues d'Ambès à Bordeaux par le chemin qui longe la rive droite de la Garonne ; Guadet et Pétion ne pouvaient être de retour avant le lendemain. Ils reparurent le 25 septembre, de bonne heure, « trop heureux d'avoir pu pénétrer dans la ville sans être arrêtés. » Hélas ! Tout ce que l'on avait dit n'approchait pas de la vérité : Bordeaux était au pouvoir des sans-culottes. On y emprisonnait les patriotes les plus purs, les plus éclairés, les plus courageux, et la Terreur y était si générale que, dans cette grande cité dont il avait été l'élu acclamé, Guadet ne trouva personne qui consentît à l'abriter pour la nuit avec son compagnon. C'est à peine si le plus brave de ses anciens amis avait eu le courage de marcher devant eux pour les guider par des rues sûres, jusqu'à ce qu'ils fussent sortis de la ville.... Et la catastrophe datait de sept jours ; sept jours seulement ! Comme toujours, comme partout, les honnêtes gens succombèrent victimes de leur faiblesse. L'ardente et valeureuse jeunesse de Bordeaux s'était proposée aux autorités pour désarmer la section Franklin, quartier général des énergumènes. Les timides administrateurs avaient répondu que mieux valait s'abstenir, user de douceur et de modération, et, le lendemain, la section Franklin « culbutait Bordeaux » et livrait la ville aux proconsuls de la Convention.

De Salle, de Cussy, de Meillan, de Girey-Dupré et des autres camarades du voyage en Bretagne, Guadet n'apporte aucune nouvelle. Sont-ils parvenus à Bordeaux ? S'y cachent-ils ou ont-ils trouvé le moyen d'échapper à la fureur des anarchistes ? Car c'est surtout contre les députés fugitifs que sévit la Terreur ; s'ils sont pris, c'est la mort sans jugement, et tout citoyen qui les rencontre a le droit de les tuer comme bêtes malfaisantes. A quoi donc vont se résoudre ceux qui sont là, dans la maison Dupeyrat, écoutant Guadet en larmes. Il se sent, en quelque sorte, responsable de l'imminent danger qui les menace ; quoiqu'il risque plus que les autres puisqu'il est connu de tout le pays, il s'offre de nouveau à tenter de les sauver : il n'est pas possible que, dans toutes les âmes, la peur ait tué tout sentiment humain : il va partir pour Saint-Émilion, la petite ville d'où il est originaire et que, depuis un temps immémorial habite sa famille. Là, certainement, il trouvera des cœurs pitoyables et des retraites sûres; il enverra aussitôt à ses amis un guide chargé de les lui amener par des chemins détournés. Infatigable, il part, en leur recommandant la prudence; car le cabaretier maratiste qui les a reçus lors de leur arrivée, a des soupçons; il s'est informé de ces étrangers débarqués dans le pays et qu'on ne revoit plus. Blanc, le tonnelier, a parlé; on sait maintenant que Guadet s'est fait ouvrir la maison Dupeyrat et qu'il y loge des suspects. De toute la journée du 26, Pétion et ses compagnons ne bougent pas: comment s'approvisionnent-ils sans éveiller les curiosités? A quoi occupent-ils ces longues heures? Quelles sont les réflexions, les combinaisons désespérées qu'ils échangent? Quel retour en leur esprit sur leur passé, leurs joies familiales, leurs ambitions avortées, leurs vains triomphes oratoires, et quelle harcelante convoitise de vengeance contre leurs indignes persécuteurs! C'est tout cela, perdu à jamais pour l'Histoire, que l'on souhaiterait connaître, et aussi comment supportaient leur injuste déchéance ces hommes qui, ayant remué tant d'idées et soulevé les foules, se voyaient réduits à supputer s'ils mangeraient le soir et si la mort n'était pas à la porte.

Le vendredi, 27, même attente morne, même oisiveté angoissée. Le soir tombe. L'émissaire de Guadet ne paraît pas. Il devient urgent d'aviser, pourtant, car le village est en rumeur : le cabaretier est allé à Bordeaux dans la journée et en est revenu escorté de « visages nouveaux. » Il y a dans son estaminet des conciliabules. Les cinq proscrits se barricadent et s'apprêtent à soutenir un siège : ils se distribuent leurs armes : quatorze pistolets, cinq sabres et l'espingole de Louvet. Celui-ci et Barbaroux montèrent la garde durant toute la nuit, qui fut paisible, et le soleil du 28 se leva sans qu'on eût reçu aucun message de Guadet. Était-il arrêté? N'entendrait-on plus parler de lui? Dans ce cas, que devenir? Encore d'interminables heures d'expectative et de pronostics déprimants. Enfin, sur le tard, se présenta « un particulier » arrivant de Saint-Émilion.

Les souvenirs de Louvet, le seul narrateur de ces journées critiques, sont ici quelque peu en désaccord avec les documents d'archives. Il semblerait, d'après ceux-ci, que le « particulier » fût, non point Guadet lui-même, mais peut-être son frère, Saint-Brice Guadet ; c'était « un homme de cinq pieds, cinq à six pouces, joli de figure, bien fait du corps, assez mince, la jambe assez bien faite, habillé d'une lévite bleue, ayant une épée au côté. » Quel qu'il fût, l'avis qu'il apportait était désespérant : Guadet n'avait trouvé à Saint-Émilion, parmi sa famille et ses amis, qu'une seule personne assez téméraire pour donner asile aux fugitifs : encore ne pouvait-elle en recevoir que deux. Guadet gardait l'espoir d'en « placer le jour suivant deux autres qu'il enverrait chercher à leur tour, et ainsi de suite jusqu'au dernier. » Ce qu'entendant, Pétion, Buzot, Louvet, Valady et Barbaroux se regardèrent en silence. Allaient-ils donc être obligés de choisir parmi eux « les deux élus, » et ceux-ci, de leur côté, allaient-ils consentir à laisser les autres exposés au péril d'une arrestation imminente? Le village, dit-on est plein de soldats et plusieurs brigades de gendarmerie en occupent les abords. « Partons tous, propose Barbaroux; si Guadet connaissait notre position, il comprendrait que le plus pressant est de nous tirer d'ici. Il n'a d'asile que pour deux, eh bien, ne tiendrons-nous pas tous, pendant quatre ou cinq jours, dans la chambre où deux seulement sont attendus? Partons! » Les préparatifs ne furent pas longs, car les bagages, — une petite malle et trois porte-manteaux, — étaient sommaires. On s'esquiva de la maison Dupeyrat; on atteignit, après quelques détours, les bords de la Dordogne; la gabarre qui avait descendu de Libourne le messager de Guadet, attendait là pour l'y ramener. Les cinq proscrits y prirent place avec lui et le batelier, nommé Grèze. L'heure était propice, la marée montait, et l'embarcation quittait à peine la rive que les sans-culottes d'Ambès « sabres au poing et drapeaux flottants » se ruaient sur « le repaire d'où les rebelles venaient de fuir. »

Louvet est très excusable d'avoir confondu la Dordogne avec la Garonne; il faisait nuit, d'ailleurs, et les passagers du batelier Grèze avaient d'autres préoccupations que de s'instruire de la topographie du pays. C'est pour cette raison sans doute que, le flot ne montant plus, lorsque la gabarre s'arrêta devant Saint-Pardon, un hameau à deux lieues de Libourne, quand il fallut poursuivre la route à pied vers Saint-Émilion, il était complètement désorienté. Au simple examen des lieux on discerne que, de Saint-Pardon, les Girondins se dirigèrent vers Fronsac, afin de contourner Libourne sans y pénétrer. La rivière qu'ils passèrent en bac n'est point la Dordogne, mais l'Isle, et, ce dernier obstacle, franchi sans difficulté, ils arrivèrent, le 29 au matin à Saint-Émilion, pour y apprendre que l'armée révolutionnaire était à leur poursuite. Guadet était terrassé, d'autant plus qu'il venait de retrouver Salle qui, depuis un mois, errait dans la région sans parvenir à s'assurer un asile : — un hôte de plus à recueillir. Pour la journée de ce dimanche, 29, les sept amis se réfugièrent dans une carrière, à quelque distance de Saint-Émilion, et, tapis dans les anfractuosités et les éboulements pierreux, ils attendirent tristement la nuit. Un homme était en course depuis le matin, en quête de refuges. Il arriva tard, n'ayant pas réussi : personne n'avait la témérité d'ouvrir sa porte aux hors-la-loi.

Que faire? Se diviser, d'abord. Louvet, las de cette vie errante, déclare qu'il retourne à Paris. Là est Lodoïska chez des amis d'un dévouement sans bornes et qui seront heureux de l'héberger lui-même. Barbaroux se décide à suivre Louvet; Valady les accompagnera jusqu'à Périgueux où il sera en sûreté. Salle et Guadet iront vers les Landes, essayant de gagner l'Espagne; Pétion et Buzot vont se diriger vers la Suisse.... On s'embrasse, on se sépare... avec quels regards, quels longs serrements de mains, quel déchirement! Se reverra-t-on jamais? Déjà Louvet, qu'exalte cette pensée que chaque pas va le rapprocher de Lodoïska, entraîne Barbaroux et Valady vers le nord. Son imagination est fertile en combinaison de roman; il distribue à chacun son rôle : Valady et lui joueront celui de négociants en quête de mines à explorer; Barbaroux sera un professeur de minéralogie qui les accompagne pour étudier et sonder les terrains.... Mais des négociants à pied, courant la nuit! Mais 140 lieues de pays hérissées de corps de garde, de comités révolutionnaires, d'espions, de soldats, de policiers, de municipalités soupçonneuses, de commissaires vétilleux... et cela sans une carte, presque sans argent, sans bagages, et dans l'accoutrement où ils sont!... C'est « un dessein désespéré. »

CHAPITRE IV

MADAME BOUQUEY

Après quatre heures de marche, ils reconnaissent déjà, sans se l'avouer encore, la folie de leur entreprise. Ils ne savent où ils sont : Valady s'inquiète; Barbaroux n'en peut plus; Louvet se traîne : il s'est blessé en tombant dans un fossé profond et s'est luxé le genou. Un presbytère est à quelques pas : « Il faut y frapper, » dit Barbaroux. — « Oui, pour demander notre chemin, » réplique Louvet. — « Et si nous pouvions obtenir quelque chose de plus, » soupire le Marseillais harassé. Ils entrent tous trois chez le prêtre, se présentent à lui comme des voyageurs égarés. L'ecclésiastique les examine : « Vous êtes, dit-il, des gens de bien persécutés; convenez-en et, à ce titre, acceptez l'hospitalité pour vingt-quatre heures. » Touchés par cet accueil cordial, ils se nomment; le digne curé, tout ému, les presse sur son cœur « en versant des larmes de joie. » Il les garde trois jours durant lesquels il s'occupe à leur trouver un abri; puis il les loge chez un fermier qui les reçoit bien, mais dont la femme prend peur et oblige son mari à les chasser. Les voici dans la soupente d'une métairie, ensevelis dans le foin qui les recouvre entièrement, car le maître de la maison connaît seul leur présence et il emploie une quinzaine d'ouvriers qui circulent tout le jour et jusque dans le grenier où les proscrits sont enfouis. Le métayer leur apportait, chaque matin, la pitance; un jour elle manqua; le lendemain également. N'osant ni bouger, ni appeler, ni gémir, les malheureux, étouffant de fièvre dans le foin en fermentation que surchauffe le toit de tuiles sur lequel darde un soleil brûlant, se regardent mourir de faim, de soif et de découragement. Valady avoue qu'il est en proie à des cauchemars paniques; la hantise de sa mort prochaine le harcèle jour et nuit. Barbaroux et Louvet, résolus à se détruire, ont déjà armé leurs pistolets et, sans mot dire, d'une poignée de main éloquente, s'adressent un adieu réciproque. « Barbaroux! Tu as une mère, gémit Valady, et toi, Louvet, Lodoïska t'attend! » Ces seuls mots arrêtent le geste des deux désespérés; ils « confondent leurs larmes » et se résignent à vivre.

A vivre en tremblant toujours : certaine nuit, un grand bruit de voix, une échelle brusquement appliquée à la trappe du grenier, un commandement brutal : « Descendez! Descendez donc! — Comment, descendez? Et pourquoi donc? — Parce qu'il le faut! » Cette fois ils sont pris. C'est la mort. Fausse alarme. On annonce pour le lendemain la visite d'un homme dont on se méfie : il faut que « ces messieurs » s'éloignent au plus vite de la métairie. Les voilà dehors. La pluie tombait à verse; Louvet, dont le mal s'était enflammé, ne pouvait marcher que « sur une jambe et à l'aide d'un bâton; » il glissait sur la terre mouillée; on les conduisit tous les trois à un petit bois et on les laissa toute la nuit sous l'ondée. Puis ce fut le retour chez leur bon curé qui les reprit pour vingt-quatre heures et les logea, cette fois, dans son grenier. Une corde fixée à la lucarne assurerait leur fuite en cas d'alerte.

Là ils apprirent que Guadet et Salle avaient trouvé, à Saint-Émilion même, un refuge de toute sûreté chez une femme compatissante. Quelqu'un, — le charitable curé peut-être, — courut chez cet « ange du ciel » pour l'aviser de la situation où se débattaient Louvet, Barbaroux et Valady. « Qu'ils viennent tous trois, » répondit-elle. Seulement, elle recommandait bien qu'ils n'arrivassent qu'à minuit et qu'ils fissent en sorte de n'être aperçus de personne.

Saint-Émilion, d'aspect extrêmement pittoresque, est bâti sur un mamelon percé d'immenses galeries souterraines, dédale de catacombes d'une antiquité nébuleuse. Jadis on circulait dans ces galeries, encore qu'il fut imprudent de s'y aventurer car elles s'étendent, se replient, se nouent, s'entremêlent, se divisent en plusieurs étages et leur configuration est incertaine. Nombre de propriétaires, pour s'isoler, avaient muré leur part de ces souterrains et chaque maison de la ville disposait ainsi de vastes et profondes caves, creusées à même le roc. Or, la belle-sœur de Guadet, née Thérèse Dupeyrat, était mariée à un sieur Robert Bouquey, ci-devant procureur du roi à Saint-Émilion. En 1791, Guadet avait obtenu pour son beau-frère, privé de sa charge par la nouvelle législation, une place de régisseur dans les domaines nationaux et, depuis lors, Bouquey et sa femme résidaient au château de Fontainebleau. C'est là que parvint à Mme Bouquey une lettre de son père, le citoyen Dupeyrat, vieillard de soixante-dix-sept ans, contant le lamentable exode de son gendre Guadet et de ses compagnons. Jamais la noble femme ne s'était mêlée de politiques; ses préférences n'allaient ni aux Girondins, ni aux Montagnards, attendu qu'elle était, comme bien d'autres, dans l'ignorance absolue des causes de leur rivalité. Mais elle apprenait que des hommes, odieusement persécutés, traqués comme des loups, rôdaient sans asile et sans pain, risquant la mort à chacun de leurs pas; elle prit la diligence, rentra seule à Saint-Émilion, rouvrit sa demeure fermée et parvint à prévenir discrètement son beau-frère Guadet et Salle, qu'elle avait de la place dans sa maison de la rue du Chapitre et qu'ils pouvaient venir s'installer chez elle. Ils accoururent. Par eux elle apprit la situation désespérée de Louvet, de Barbaroux et de Valady; elle ne les connaissait pas, mais cela importait peu : et, le lendemain, elle voyait, radieuse, arriver les trois vagabonds exténués, les habits en lambeaux, boueux, hâves, fiévreux, éclopés, repoussants. Apprenant que, depuis treize jours Bizot et Pétion rôdaient dans le pays, terrés le jour dans les bois, marchant, la nuit, sans but, et « réduits à la dernière extrémité. » « Qu'ils viennent donc aussi, » dit-elle. Le 12 octobre, les sept fugitifs se retrouvaient réunis à sa table; elle pleurait de joie en contemplant cette bande éplorée « sa nichée d'enfants, » qu'elle régala d'un copieux souper.

Elle existe encore cette maison Bouquey, telle qu'elle se comportait à l'automne de 1793; du moins était-elle encore intacte il y a peu d'années et on doit croire que les archéologues de Saint-Émilion, si soucieux du passé de leur cité, veillent pieusement à sa conservation. Tapie entre deux rues, au sommet de la colline où s'éparpille la ville, c'est une commode demeure provinciale, sans faste, mais combinée pour le bien-être. Sur la rue du Chapitre, — aujourd'hui rue de la République, — était l'entrée principale, porte très simple, donnant accès aux pressoirs et aux chais. La maison, enserrée dans ses dépendances, n'a de façade que sur un jardinet très exigu, — deux carrés de légumes et une treille, — que dominent les pignons des immeubles voisins. Sur ce jardinet prennent jour toutes les pièces de l'habitation : un petit vestibule d'où part l'escalier rustique du premier étage ; à droite une large cuisine, une laverie et un bûcher ; à gauche une salle à manger, un salon de proportions confortables dont la cheminée en marbre blanc porte enlacées les lettres R. B. (Robert Bouquey). Rien n'est modifié ; les fenêtres ont gardé leurs anciennes vitres, les portes sont de chêne épais, les serrures ont leurs vieilles clefs, les clefs qui pendaient en trousseau aux cordons du tablier de *Marinette.* Ainsi surnommait-on familièrement Mme Bouquey ; c'était le temps des sobriquets et celui-là lui convenait. Elle était non point jolie, mais charmante ; quelqu'un a dit : « Elle avait une de ces figures qu'on voit sans surprise mais qu'on quitte avec regret. » Le seul portrait que l'on connaît d'elle, la montre avec de grands yeux noirs, le nez mince et régulier, la bouche souriante, au cou un ruban noir auquel se suspend une croix à la Jeannette ; un grand échafaudage de cheveux est surmonté d'un petit chapeau de bergère. Elle avait, en 1793, trente et un ans ; elle était franche et gaie comme une soubrette du répertoire.

Dans l'un des angles du petit jardin, contre la dernière fenêtre de la cuisine, est un puits carré, profond de vingt mètres. Une pierre qu'on y jette n'atteint l'eau qu'après une longue chute, avec un bruit sinistre et lointain. Dans la maçonnerie de deux des parois se faisant face, sont ménagés des trous, de quoi poser les pieds, l'un à droite, l'autre à gauche, alternativement; on descend ainsi : en dessous les profondeurs attirantes du puits. Ces marches creuses suintent d'humidité; les pieds y glissent; les mains n'y peuvent rien saisir. En se risquant à cette effroyable gymnastique, on trouve après six ou sept mètres de descente, une baie ouvrant sur un souterrain égal en superficie au jardinet qui le recouvre; c'est la partie des catacombes afférente à la maison Bouquey; cela forme une salle irrégulière, mais spacieuse, qui elle-même a « sa cave, » galerie plus profonde à laquelle on parvient en se laissant glisser dans un trou ordinairement fermé d'une planche, recouverte elle-même de gravier. C'est dans cette seconde fosse, à trente pieds sous terre, que Mme Bouquey enfouit ses hôtes. Elle y descendit deux matelas, deux chaises, une table, du linge, des couvertures; le mobilier, sommaire d'abord, s'augmenta vite. Pour que ses proscrits se trouvassent bien, la brave femme aurait jeté dans leur trou toute sa maison; elle leur envoya, à l'aide d'une longue tige de fer garnie d'un crochet, une lanterne, des livres, de l'argenterie, un « moine » pour chauffer les couchages; la grotte était humide et on ne pouvait y allumer du feu. En outre on n'y devait parler qu'à voix basse, car de perfides échos peuplent ces cavités sonores aux ramifications inconnues.

Quand on visite « la grotte des Girondins, » deux choses apparaissent avec évidence : d'abord l'extrême difficulté d'y pénétrer par le puits; on n'imagine pas un homme de la corpulence de Barbaroux se livrant à cette périlleuse acrobatie que les puisatiers eux-mêmes ne risquent pas sans préliminaires précautions. Il est bien probable qu'aucun des Girondins n'est passé par là; Louvet, très laconique sur son séjour chez Mme Bouquey écrit, il est vrai : « L'entrée du souterrain, d'ailleurs fort dangereuse, était si bien masquée qu'on ne pouvait la découvrir; » mais est-ce bien du puits qu'il entend parler? Il existait une autre descente dont l'ouverture était obstruée par de larges dalles; en les déplaçant, on découvrait un orifice du souterrain où l'on pénétrait ainsi, assez facilement, à l'aide d'une échelle[1]. C'est là, certainement, le moyen qu'employaient les proscrits : la servante de Mme Bouquey, Anne Bérard, déclara avoir vu « *deux* des députés sortir de la grotte en soulevant les pierres d'un trou pratiqué pour recevoir les eaux de pluie, » parfaitement d'accord avec Louvet, lorsqu'il dit : « Mme Bouquey logeait *deux* de nos amis à 30 pieds sous terre; » mais il ressort de son texte même qu'ils n'y demeurèrent pas longtemps.

La seconde constatation qui s'impose, en effet, est l'impossibilité de séjourner, de façon continue, dans ce souterrain où régnait « une atmosphère méphytique, » si glaciale d'ailleurs, et si humide que, pour le parcourir seulement durant quelques instants, — en plein été, il est vrai, — des hommes robustes en sortaient transis et sans voix. Mme Bouquey eût condamné à mort ses sept prisonniers en les laissant jour et nuit, durant un mois, dans ce sépulcre. Elle les y cachait à leur arrivée, en cas qu'ils eussent été suivis et qu'on les eût vu entrer chez elle; mais au bout de quelques jours, assurée que nul ne soupçonnait leur présence dans sa maison, elle la mettait toute à leur disposition. Par surcroît de

1. Un escalier de 23 marches établi à cet endroit permet aujourd'hui de descendre dans la « Grotte des Girondins. »

prudence, elle leur avait ménagé, dans le grenier, « une seconde forteresse, plus saine, presque aussi sûre, presque aussi difficile à découvrir, » et l'affreuse crypte les recevait seulement lorsqu'on annonçait, à Saint-Émilion, le passage de quelque corps de troupes ou quand on présageait l'imminence d'une visite domiciliaire.

Comment vivaient-ils? On était au temps de la grande pénurie et des restrictions obligatoires et Mme Bouquey n'avait droit, pour elle et pour sa servante qu'à une livre de pain par jour. Comme on la croyait seule dans sa maison, c'eût été se dénoncer et risquer la mort que d'acheter à la boucherie une pièce de viande convenant à la nourriture de sept hommes.

Par chance, elle disposait d'une abondante provision de pommes de terre et de haricots; ses volailles fournissaient le régal des jours de gala. Elle institua un régime sévère, mais suffisant : « Pour ne pas déjeuner, on se levait à midi, rapporte Louvet. Une soupe aux légumes faisait tout le dîner; à l'entrée de la nuit nous quittions doucement nos demeures et nous nous assemblions autour d'*Elle*; (il ne nomme jamais Mme Bouquey). Tantôt un morceau de bœuf à grand'peine obtenu, tantôt une pièce de la basse-cour, vite épuisée, quelques œufs, quelques légumes, un peu de lait, composaient le souper dont elle s'obstinait à ne prendre qu'un peu pour nous en laisser davantage; elle était au milieu de nous comme une mère environnée de ses poussins.... » Et plus loin, il cite de leur admirable hôtesse ce mot sublime : « Mon Dieu! Si on m'arrêtait, que deviendriez-vous? » Elle acceptait le danger pour elle-même et ne le redoutait que pour eux.

On se représente mal ce qu'étaient ces dîners en

commun, présidés par cette jeune femme héroïque et simple, ayant autour d'elle Pétion, Louvet, Guadet, Valady, Salle, Buzot et Barbaroux, les maudits, les parias, buts et prétextes de l'effroyable ouragan qui déferlait sur la France. D'un bout à l'autre du pays les échafauds se dressaient, la guerre civile sévissait, les routes étaient gardées, les comités révolutionnaires alertés, d'innombrables policiers, espions, mouchards lancés à la chasse de ces sept hommes qui dînaient là, ensemble, bien tranquilles, grâce à leur providentiel « ange gardien, » pour lequel, sans nul doute, ils se mettaient en frais d'esprit et de joyeux propos. Car elle les voulait contents et le plus sûr moyen de lui témoigner leur reconnaissance était de paraître oublier les périls auxquels elle avait su les soustraire. Tous, même Buzot, toujours grave et bourrelé d'angoisses à la pensée constante de la femme adorée qu'il savait en danger de mort, tous s'efforçaient d'imposer silence à leurs affres personnelles pour ne pas attrister leur chère bienfaitrice. Quoiqu'ils lussent avidement les journaux, — le *Journal de Perlet* et l'*Abréviateur* entre autres, et qu'ils fussent de la sorte au courant des événements politiques, ils n'en parlaient probablement guère devant elle, cherchant plutôt à la distraire, voire à l'amuser. Dans la journée ils s'occupaient à écrire : Louvet commençait la rédaction du *Récit de ses périls*, dont les premières pages sont datées *des grottes de Saint-Émilion, aux premiers jours de novembre* 1793. Barbaroux continuait ses *Mémoires* commencés à Loc-Maria, et Pétion entreprenait également l'histoire de ses malheurs. La gaîté de Salle ne se démentait pas ; dans son habit en loques, sa culotte tombant de vétusté, au point qu'il la recouvrait d'un mauvais pantalon de toile grise, il défiait le sort et la misère et composait des vers badins. La tournure encyclopédique de son esprit, son savoir quasi-universel, son insatiable besoin de travail, le rendaient propre aux occupations les plus diverses, et il avait même commencé une tragédie sur *Charlotte Corday*, tout à la gloire de l'héroïne, et où il accumulait les tirades vengeresses contre les scélérats du parti Montagnard. Peut-être que, le soir, après souper, l'un ou l'autre lisait ses élucubrations de la journée à ses compagnons et à Mme Bouquey, heureuse de les voir s'abstraire pendant quelques instants de leur sinistre situation.

Et pourtant que d'anxiétés, que de deuils! Pétion sait que sa belle-mère, Mme Lefebvre, a été guillotinée le 24 septembre; peu de jours après, le 7 octobre, a péri Gorsas, le premier des hors-la-loi qui monte à l'échafaud : après avoir quitté à Fougères, comme on l'a dit plus haut, la petite phalange des députés fuyant vers la mer, il n'a pu résister au désir de rentrer à Paris; il fut pris et exécuté sans jugement. Le 3 octobre a été décrété par la Convention l'emprisonnement des soixante-treize députés coupables d'avoir protesté, — oh! bien timidement et presque à huis clos, — contre le coup d'État du 2 juin. De ce nouvel attentat au droit parlementaire, « la Gironde, » est définitivement abolie et nul dans l'assemblée n'osera élever la voix pour sa défense. Alors on a pu frapper les chefs, — ceux du moins qu'on tenait sous les verrous, — et, le 31 octobre, Brissot, Vergniaud, Gensonné, Ducos, Boyer-Fonfrède, Duprat, Mainvielle marchaient à la mort avec quatorze de leurs collègues, au nombre desquels Lauze-Deperret, tué par la lettre de Barbaroux que Charlotte de Corday lui avait apportée de Caen, et le vaillant Duchâtel, qu'on a vu s'embarquer à Quimper et qui, arrêté à Bordeaux, comme ses compagnons de voyage Riouffe et Marchena, fut transféré à Paris pour y figurer dans l'hécatombe de la Gironde.

Ce massacre des plus célèbres représentants du peuple, de ceux dont l'éloquence ou les écrits avaient le plus brillamment contribué à l'établissement de la République, produisit une stupeur profonde. La démagogie triomphait; puisque le couteau de Sanson avait frappé ces têtes inviolables, nulle autre n'était à l'abri de son tranchant et le règne de la Terreur sanglante s'inaugurait. L'émoi causé par cette tuerie se propagea jusqu'à la paisible maison de Saint-Émilion, où vivaient, sous l'aile de leur protectrice, les sept proscrits sauvés par elle de l'ignoble mort des traîtres. On juge de leur désespoir et de leur fureur lorsqu'ils apprirent, vers le 6 ou le 7 novembre l'inique condamnation de leurs amis. Mme Bouquey en sembla être plus éprouvée encore; vainement s'efforçait-elle de dissimuler sa peine : elle pleurait, elle se lamentait et avoua enfin qu'un des intimes amis de son mari et de Guadet était parvenu à liguer contre elle tous ses parents. On lui représentait qu'elle se perdait en hébergeant des hommes frappés d'anathème : elle entraînerait dans son désastre tous les siens; on n'ignorait plus à Saint-Émilion que sa maison recélait des proscrits et c'était miracle qu'elle ne fût pas encore dénoncée. Bref, on lui faisait violence et on l'obligeait à ne plus s'exposer pour des pensionnaires si compromettants. « Les cruels! gémissait-elle. Je ne leur pardonnerai jamais, s'il faut que quelqu'un d'entre vous.... » Elle n'acheva point; il lui semblait qu'elle livrait elle-même à l'échafaud ses chers parias.

C'était le 13 novembre. Ils la quittèrent à une heure du matin, la laissant en larmes, et gagnèrent la campagne en deux groupes. Barbaroux, Pétion et Buzot, en quête d'un asile incertain, s'en allèrent, disaient-ils, « vers la mer. » Les quatre autres prirent la direction de Libourne. Guadet les conduisait à six lieues de là, vers le nord, chez une femme dont il était certain d'être bien accueilli car elle avait gagné, naguère, grâce à lui « un procès criminel où son honneur et celui de ses parents était compromis. » Elle lui devait plus que la vie et l'avait cent fois conjuré de mettre à l'épreuve sa reconnaissance. Valady se sépara de ses amis dès la sortie de la ville, se rendant « chez un parent sur l'humanité duquel il comptait. » Guadet, Louvet et Salle entrèrent dans une grotte profonde afin d'y passer le reste de la nuit; ils y restèrent, parmi les immondices, toute la journée suivante, attendant un ami de Guadet qui devait les guider dans une traverse leur épargnant un grand détour. L'ami ne vint pas et, à la nuit, les trois réprouvés durent se hasarder seuls sous la pluie qui tombait à flots.

Ils marchaient bon pas, certains d'être bien reçus; ils s'égarèrent dans des chemins où « la boue leur montait à mi-jambes. » A quatre heures du matin, trempés et harassés, ils arrivèrent à la maison de la cliente de Guadet : celui-ci frappa à la porte qui, au bout d'une demi-heure d'attente, s'entr'ouvrit. Un domestique qui l'avait vu bien souvent affecta de ne pas le reconnaître; Guadet dit son nom. L'autre répondit qu'il allait prévenir Madame. Une demi-heure encore se passe; enfin la réponse de Madame arrive; elle refuse de recevoir. Guadet insiste, demande à être admis seul, à lui parler un moment. Impossible. La porte se referme sur ce mot.

Guadet rejoint ses deux amis qui l'attendent à

quelque distance. Louvet tremble de fièvre. Arrivé là en transpiration, et immobilisé depuis une heure sous un vent glacé, il s'évanouit. Il faut l'étendre par terre, pour mieux dire, « dans l'eau. » Salle l'assiste, tandis que Guadet retourne à la porte, y frappe à coups pressés; elle ne s'ouvre plus : on lui permet seulement de parler « par le trou de la serrure. » Il réclame une chambre et du feu, pendant deux heures, — deux heures, sans plus, pour son compagnon qui se meurt. — Même réponse que précédemment : « Impossible! »

Maudissant le ciel et les hommes, invectivant la misérable dont l'indigne lâcheté le révolte, Guadet retrouve Louvet reprenant ses sens. Le jour va poindre; il faut regagner au plus vite la grotte quittée la veille au soir. Mais Louvet proteste, son parti est pris : il a parcouru six lieues dans la direction de Paris, il ne reviendra pas en arrière. Puisqu'il faut mourir, il mourra du moins en allant vers Paris, le visage tourné vers Lodoïska. Et, ce disant, il se débarrasse de tout ce qui pourrait le gêner dans sa longue route, coiffe sa tête chauve d'une petite perruque à la jacobine qu'il garde depuis longtemps en réserve. Il partage avec Salle, dépourvu de tout, le peu d'assignats qui lui reste, ouvre ses bras à ses deux amis, les presse sur son cœur, ne veut écouter ni leurs conseils ni leurs supplications et s'éloigne d'eux au plus vite pour ne pas céder à son attendrissement. Après une centaine de pas, il se retourne cependant pour les voir encore une fois, — la dernière fois.... Eux aussi se sont retournés, prêts à s'élancer pour le retenir. Il leur fait un signe de la main, et disparaît. Plus tard il saura qu'ils l'ont suivi jusqu'à Montpont, espérant qu'il abandonnerait sa folle entreprise; ils le virent entrer dans ce bourg.... Comme le soleil se levait, ils craignirent d'être remarqués et s'enfoncèrent dans les bois.

Un mauvais passeport au nom de Carcher, agrémenté de visas fantaisistes, une forte dose d'opium cachée sous sa chemise, deux bons pistolets dans ses poches, sur le dos une vieille houppelande de garde national dissimulant la chère espingole « qui de sa large embouchure comme d'un canon chargé à mitraille pouvait vomir quatre balles et quinze chevrotines à la fois et laissait ensuite échapper une puissante baïonnette, » tel était l'attirail de Louvet entreprenant un voyage de 140 lieues à pied. En outre, une santé débilitée et une jambe percluse dont la lourdeur douloureuse le forçait à s'arrêter « toutes les cinq minutes. » Obligé vingt fois d'exhiber ses papiers, jouant à miracle son rôle de soldat libéré, pétrifiant les plus farouches municipaux par d'extravagantes fariboles, les grisant au besoin, affectant, — selon « les figures, » — un sans-culottisme implacable ou laissant à moitié deviner sa qualité de persécuté, tour à tour braillard et réservé, sensible et brutal, joyeux ou mélancolique, il parvint à faire toute la route sous la bâche d'un voiturier qui, en plus d'une cargaison de colis variés, trimballait une forte carrossée de femmes, de militaires, de paysans, tous jacobins forcenés, — ou cherchant à le paraître, — et qui, étourdis par l'exubérance révolutionnaire de ce patriote à tous crins, se reprochaient leur tiédeur et s'ingéniaient à le combler d'égards et d'attentions. A l'entrée des villes, passages dangereux, pendant la visite des passeports, il restait, avec la complicité de tous ses compagnons de voyage, enfoui dans la paille, au fond du chariot, sous un amas de hardes, de manteaux, de cartons, de paquets et si, plusieurs fois sur le point d'être pris, il appliqua sur sa figure le tromblon de son espingole, le destin le servit si bien, qu'il n'eut jamais l'occasion d'en presser la détente.

Enfin, le 6 décembre, le voiturier le débarquait à Paris, rue d'Enfer. Louvet se jeta dans un fiacre et courut chez Lodoïska : il la trouva réfugiée, depuis deux mois, chez les Brunet, des amis de vingt ans, qui leur avaient toujours témoigné à tous deux la plus touchante et la plus fraternelle affection, et dont il songeait même à adopter la fille, si Lodoïska n'avait pas le bonheur d'être mère. Quels transports! Quels embrassements!... Il n'avait pas encore eu le temps d'ôter ses bottes, quand l'ami Brunet lui fit savoir qu'il devait déguerpir au plus vite; on lui accordait une demi-heure pour quitter la maison et disparaître. C'est alors seulement que Louvet, écrasé de douleur et d'indignation, comprit ce que signifiait ce mot dont il n'avait jusqu'alors, malgré tant d'épreuves, jamais évalué l'épouvantable omnipotence : *la Terreur*.

Comment Lodoïska le sauva et le fit passer en Suisse où elle alla l'y rejoindre, c'est ce qu'il a conté dans ses étonnants *Mémoires*, retrouvant, pour narrer ces effarants épisodes, la plume des meilleurs chapitres de *Faublas*, et se plaisant d'autant plus à les retracer que, étant ici seul en cause, et ne citant aucun nom, il avait l'assurance que personne ne pourrait ni contrôler son récit, ni le démentir....

***

Après avoir perdu de vue Louvet à l'entrée du bourg de Montpont, Guadet et Salle, attristés, regagnèrent la puante caverne où ils avaient passé la nuit précédente. Le froid les saisit; Guadet, pris d'un malaise subit, perdit connaissance. Salle, effrayé, sort de la grotte, appelle à l'aide, résolu, dût-il ainsi se dénoncer lui-même, à implorer les secours du premier venu. Personne ne répond à ses cris, personne ne paraît. Il avise une plante dont les effets lui sont connus, en arrache quelques tiges qu'il écrase entre ses doigts, en introduit le suc dans les narines de Guadet et rappelle ainsi son malheureux ami à la vie. Mais, usé par tant de misères et de privations, celui-ci n'est plus de force à mener cette vie de trappeur; il lui faut des soins, un abri, et les voilà tous deux se dirigeant, la nuit venue, vers Saint-Émilion. Le père Guadet habite à la sortie de la ville une maison entourée de vignes; on n'a pu, jusqu'ici, y trouver refuge car elle est étroitement gardée; depuis le 6 octobre deux citoyens y sont nuit et jour en suveillance; mais il y a urgence; Salle et Guadet y arrivent à minuit; ils s'approchent avec précaution; rien de suspect aux alentours. La maison ne comporte qu'un rez-de-chaussée surmonté de mansardes et Guadet frappe aux contrevents de la chambre qu'habite son père. La fenêtre s'ouvre, Guadet enjambe l'appui et se jette aux genoux du vieillard, le conjurant de le recevoir; si sa prière est repoussée, il ne lui reste qu'à mourir; il se poignardera sur le seuil de la maison paternelle. Guadet père, à soixante-dix ans, était un homme encore vigoureux, « au maintien grave, même sévère; » ses fils lui témoignaient un profond respect et une soumission absolue. Son cœur se brisa en voyant à ses pieds le malheureux enfant dont il était si fier; il l'accueillit, ainsi que Salle, leur donna son lit et passa le reste de la nuit sur une chaise.

De très grand matin, avant que la maison fut réveillée, ils s'occupèrent tous trois à pratiquer une cache : à côté de la chambre du père Guadet s'ouvrait un cabinet en appentis, plus bas que le reste de la maison et dont la plafond était fait de planches; l'espace compris entre ces planches et les tuiles du toit formait un « grenier perdu » où personne, bien certainement, n'avait jamais pénétré, puisqu'il était sans issue. Salle, qui savait tous les métiers, ayant déplacé facilement deux des planches du plafond, pénétra dans ce réduit, haut d'un mètre dans sa partie la plus élevée et « ne recevant de jour et d'air que par les interstices des tuiles; lorsqu'il s'y fut accroupi, Guadet l'y rejoignit au moyen d'une échelle, et les planches furent replacées « si artistement qu'il était impossible de les reconnaître. » Tout fut exécuté avant le jour; « la porte de la maison fut ouverte à l'heure accoutumée; le bonhomme Guadet reçut ses amis comme à l'ordinaire », et nul ne s'aperçut de rien.

Cache provisoire, assurément, car il était impossible que deux hommes pussent vivre longtemps dans ce galetas sans feu, où ils ne pouvaient se tenir ni debout, ni même couchés, et qui ne contenait aucun meuble. Leur situation, il est vrai, s'améliora vite : le père Guadet n'avait pas, semble-t-il, perdu ni tout crédit ni toute audace car, dès le lendemain du jour où les deux députés furent installés dans sa soupente, il sollicita la levée de la surveillance dont sa maison était l'objet depuis plus d'un mois. Il fit valoir que, vu la modicité de ses ressources, il ne pouvait continuer à nourrir et à payer, — 4 livres par jour, — les deux volontaires qui montaient la garde chez lui. Tallien, missionnaire de la Convention à Bordeaux, considérant que Guadet père « n'avait avec son mauvais fils aucune correspondance, » ordonna que la garde fût supprimée et, dès lors, le sort des deux reclus s'adoucit sensiblement. Tous les soirs, « ils descendaient de leur cellule pour souper avec la famille. » On pouvait donc présager qu'ils gagneraient en paix la fin des persécutions : le règne du parti Montagnard ne durerait pas toujours et l'on apercevait déjà quelques indices d'un antagonisme prometteur entre Robespierre, le maître du jour, et les « exagérés » de la Commune de Paris, ses anciens alliés. Tallien, habile à flairer le vent, et d'ailleurs retenu par la femme exquise et tant aimée qu'il avait rencontrée à Bordeaux, Tallien savait que les députés proscrits se trouvaient à Saint-Émilion; « il s'y était rendu de sa personne dans le courant d'octobre, et n'avait rien fait pour les prendre. »

Buzot, Pétion et Barbaroux, errants depuis leur sortie de chez Mme Bouquey, profitaient également de cette accalmie. Non point qu'ils eussent découvert un asile assuré; du moins trouvaient-ils parfois un citoyen courageux qui consentait à les laisser dormir dans sa grange ou dans son écurie. Il semble que les trois amis se soient un instant séparés, car, dans les premiers temps, tandis que Barbaroux couche « dans le bois de Figac, » près de Libourne, Pétion vit « dans une armoire » à Castillon, gros bourg sur la Dordogne, à l'est de Saint-Émilion. Bientôt ils sont tous trois réunis à Castillon; on a mention d'un citoyen Coste « qui les loge dans un grenier dépendant de l'ancien couvent des moines; » le témoin auquel on doit ce renseignement ajoute « qu'ils s'y ennuyaient beaucoup, » ce qui est vraisemblable. A Castillon encore ils seraient restés cachés durant plusieurs jours « dans le foin de M. Pâris, » architecte; puis ils auraient été reçus chez Penaud, cousin de Guadet, chez un citoyen Mouret; mais ces indications sont vagues. Ce qui est plus certain c'est que, depuis deux mois qu'ils errent dans la région, ils commencent à y être connus. Bien des gens les ont aperçus, le soir, quand ils sortent des bois, cherchant où passer la nuit. Chose singulière et qui prouverait combien les paysans demeuraient ignorants des événements politiques, beaucoup les prennent pour « des émigrés » ou pour « des étrangers; » ceux-là n'ont jamais entendu parler de la proscription des députés Girondins ni du coup d'État du 2 juin.

Ainsi un vigneron raconte que, « vers la Saint-Michel, avant six heures du matin, il a rencontré cinq *étrangers*, ayant des chapeaux à haute forme, bonnets blancs par dessous, vêtus chacun d'une roupe brune, collets et revers rouges, ayant une canne à sabre et chacun sous le bras un sac de nuit en toile.... » Un autre déclare qu'il a croisé, sur les huit heures du soir, « sept hommes qu'il ne connaissait pas, et que la peur lui a ôté l'envie de savoir comment ils étaient habillés.... » Plus tard encore, un jeune garçon s'étant attardé, le 24 décembre, à fêter le ci-devant réveillon, ne pouvant pas, vu l'heure tardive, rentrer chez lui, « voulut coucher dans les écuries de M. Coste, à Castillon; mais, en montant dans le grenier, il sentit trois têtes et se sauva. » L'un de ses camarades lui dit : « Ne crie pas; ne parle pas : *ce sont les trois émigrés.* »

Ceux qui se souvenaient de les avoir vus s'accordaient

sur ce point qu'ils avaient l'air bien fatigués et bien vieux : l'un d'eux avait « la barbe et les cheveux blancs ; » c'était Pétion. Quant à Buzot, il était tellement « changé et abattu » que le citoyen Penaud, qui l'hébergea à Castillon, « lui aurait donné cinquante ans. » Or il en comptait trente-quatre à peine !... Le plus méditatif de tous il était aussi le plus affecté. On venait d'apprendre la mort de son amie, Mme Roland ; mais il n'y pouvait pas croire : « Hélas ! écrivait-il, nous ne sommes plus ! Ou ce qui reste de nous est à la douleur. Ce qui nous rendait chère la vie nous a sans doute devancé dans la tombe ; nous n'avons d'autre consolation que d'en douter encore.... » Quand tout espoir s'évanouit, quand on sut par les journaux le tranquille héroïsme de la condamnée dont, sous le couteau, la dernière pensée, il en était sûr, avait été pour lui, « il entra dans un désespoir voisin de la folie, » resta plusieurs jours sans recouvrer sa raison et adressa à son ami Letellier, d'Évreux, un billet déchirant : « Elle n'est plus ! Elle n'est plus, mon ami ! Les scélérats l'ont assassinée ! Jugez s'il me reste quelque chose à regretter sur la terre.... Quand vous apprendrez ma mort, vous brûlerez ses lettres.... » Il avait en effet, confié à Letellier, lors de son passage à Évreux, la correspondance de sa bien-aimée ; mais il conservait sur lui comme un trésor les lettres reçues d'elle depuis qu'elle était détenue, ainsi que la miniature qu'elle lui avait donnée. Il s'absorbait souvent dans sa contemplation et son âme était indiciblement triste.

Car outre l'immense douleur de son amour brisé, il éprouvait encore le torturant regret de son œuvre avortée. Ne perce-t-il pas même presque des remords dans la confession qu'il commença d'écrire lors de son séjour dans le souterrain Bouquey ? Il fallait que le malheur eût cruellement instruit cet ardent démocrate, ce grand ami du peuple, si acerbe, naguère, dans ses déclamations contre « les tyrans, » pour qu'il traçât maintenant des lignes telles que celles-ci : « C'est une folie... de vouloir servir le peuple par des moyens honnêtes; la vérité n'est pas faite pour lui; il ne lui faut que vent et fumée; c'est là sa pâture; aussi les fripons de tout genre et de tous les temps ont bâti leur système d'élévation ou de fortune sur sa crédulité.... » Et encore : « Si c'est par des moyens aussi infâmes que s'élèvent et se consolident les États républicains, il n'est pas de gouvernement plus affreux sur la terre, ni plus funeste au bonheur du genre humain. » Cette France à laquelle lui et ses amis ont promis l'âge d'or, bien persuadés, d'ailleurs, qu'ils le lui apportaient, cette France est, après tant d'illusions « un désert affreux que la moitié de ses habitants abandonnerait sur l'heure pour se soustraire à la férocité de l'autre moitié; » elle a perdu, « pour de longs siècles, ses mœurs, son génie, ses ressources et sa gloire; » et tels apparaissent à Buzot les résultats de cette révolution qu'il a suscitée, applaudie, exaltée de toute l'ardeur de ses convictions abolies. Il s'avoue presque réduit, « à désirer le retour de l'ancien despotisme. »

Son orgueil est-il donc assez mort pour qu'il fasse son *Mea Culpa*? Non, c'est son dépit de vaincu qui parle et Buzot n'a pas la contrition de ses erreurs; il s'aveugle étrangement sur ses responsabilités : n'écrit-il pas, en parlant de Louis XVI.... « les scélérats qui ont égorgé ce monarque infortuné?... » Sa mémoire est-elle donc si courte? Oublie-t-il qu'il a voté la mort du roi? Comme ses plus chers amis, comme Barbaroux, comme Louvet, comme Guadet, comme Pétion, il a prononcé le verdict fatal, avec la restriction du sursis et de l'appel au peuple, il est vrai; mais pourquoi, puisqu'ils désiraient sauver Louis XVI, ont-ils, par crainte de perdre leur popularité, grossi le nombre de ces « scélérats » dont la France et eux-mêmes expient, après un an, le crime? Il reconnaît maintenant que « la majorité du peuple français voulait la royauté, » et, plus inconscient encore, absorbé par son propre désastre, indigné d'être « hors-la-loi, » il s'écrie : « Hors-la-loi! Dans quelle nation sauvage ont-ils puisé l'exemple d'une si atroce férocité? Chez quels peuples barbares ont-ils trouvé cette loi de sang?... » Cette loi, c'est lui-même qui en est l'auteur : il a proposé et obtenu contre les émigrés la mesure draconienne qui s'est retournée contre lui, et, sur les chemins de l'exil, à l'heure même où il écrit cette phrase, il y a, de son fait, des milliers et des milliers de malheureux proscrits comme lui et comme lui, s'ils tentent de reparaître, condamnés d'avance à mort, sur le seul énoncé de leurs noms. Singulières symétries dont un Bossuet eût tiré « de grandes et de terribles leçons. » Un plus pénétrant examen de conscience aurait fait comprendre à Buzot et à ses amis que ce seraient leurs misères, leur lente agonie qui vaudrait aux Girondins l'indulgence et la pitié de l'histoire; elle ferme les yeux sur leurs fautes attendrie par leurs talents, leur jeunesse, leur sévère et tragique expiation, et surtout en raison de l'ignominie de leurs ennemis.

Les malheureux n'étaient pas au haut de leur Calvaire et de longs mois allaient s'écouler avant qu'ils en vissent le terme. Dans les premiers jours de janvier, les trois errants, Pétion, Buzot et Barbaroux, épuisés par les privations, revinrent à Saint-Émilion, espérant y bénéficier encore de la généreuse et réconfortante hospitalité de Mme Bouquey. On a vu que celle-ci avait dû se séparer d'eux à son corps défendant, sur les représentations de son entourage. Le nom de l'homme, « ami de Guadet, » qui avait vaincu la résistance de la noble femme, n'a jamais été prononcé; mais il est fort surprenant que, de retour à Saint-Émilion, c'est chez « cet homme » que les trois Girondins trouvent asile. Mme Bouquey ne pouvait plus les recevoir; son mari avait quitté Paris pour rentrer auprès d'elle et il lui interdisait de s'exposer davantage. On se demande si le versatile inconnu qui, assez influent pour décider Mme Bouquey à renvoyer ses chers protégés, consent maintenant à les héberger, ne serait pas le curé de Saint-Émilion, un certain abbé Pâris, frère ou tout au moins parent de l'architecte de Castillon, Pâris qui avait, quelques jours auparavant, caché les proscrits dans son grenier à foin. De la part d'un ecclésiastique une si singulière contradiction étonnerait moins; on comprendrait que, par devoir, ou à l'instigation de la famille, il eût représenté à sa téméraire paroissienne le danger de sa conduite, mais que, personnellement, par charité chrétienne, il ne redoutât point d'affronter un péril contre lequel il mettait ses ouailles en garde. Quoi qu'il en soit, Buzot et ses deux inséparables séjournèrent chez cet anonyme durant quelques jours assez tranquilles, sauf une alerte qui les obligea à passer quatre heures, « tout nus, » dans un trou recouvert d'une trappe qu'ils avaient creusé au milieu du jardin. Ils en sortirent perclus et à demi morts de froid.

M. et Mme Bouquey allaient parfois dîner avec eux et les tenaient en relations constantes avec Salle et Guadet, toujours nichés à l'étroit grenier du père Guadet.

Dans ce galetas où la lumière du jour ne pénétrait que par les interstices des tuiles, Salle s'acharnait à sa tragédie de *Charlotte Corday* et, par l'entremise des Bouquey et de Saint-Brice Guadet, frère du député, communiquait à Pétion, à Buzot et à Barbaroux ses poétiques griffonnages que, par la même voie, ils lui retournaient avec leurs observations. Cette existence relativement calme cessa subitement en janvier 1794. Le mystérieux anonyme qui donnait asile aux trois proscrits, menacé d'une visite domiciliaire, les invita à chercher un autre refuge. Mme Bouquey aurait bien voulu les reprendre chez elle; mais son mari s'y opposa. Moins héroïque que sa femme, il exigea que ces malheureux « portâssent ailleurs la contagion de leur infortune. » Elle ne se résigna point, pourtant, à les abandonner et décida son voisin Troquart, le perruquier-barbier de Saint-Émilion, à les recevoir chez lui. Troquart se fit prier; enfin sur les instances de Mme Bouquey, de Bouquey lui-même et de Saint-Brice Guadet, ses clients habituels, il consentit à ouvrir aux trois fugitifs sa masure, moyennant 500 francs comptants, et pour quinze jours seulement. On lui cacha, du reste, leurs noms et leurs qualités; il crut, ou fit semblant de croire, que ces particuliers étaient des amis de Guadet, en route pour la Suisse, où celui-ci, lui dit-on, était réfugié.

CHAPITRE V

LA SUPRÊME ÉTAPE

La maison Troquart était isolée en plein milieu de la ville, à l'intersection des deux rues les plus fréquentées. La rue Guadet passe aujourd'hui sur son emplacement. Elle comportait un rez-de-chaussée où s'ouvrait à tout venant la boutique du barbier, et un premier étage, inhabité, composé d'une seule grande pièce où, depuis longtemps, personne ne pénétrait et qui servait de débarras. C'est dans cette pièce, un taudis, que Troquart logea Buzot, Pétion et Barbaroux : un lit où couchaient les deux premiers, un matelas jeté sur le carreau pour Barbaroux, un vieux fauteuil; tel était le mobilier.

Troquart, célibataire, vivait seul, tenant lui-même son ménage : il partait de grand matin, courait les environs, rasait, taillait les barbes et les cheveux. Il organisa une espèce de « change en nature; » d'un client il recevait des œufs; un autre le payait en farine; il rapportait de ses tournées des légumes, du lard. De cette façon il évitait d'augmenter ses achats chez les fournisseurs habituels et il parvint ainsi à ne pas éveiller les soupçons. Mme Bouquey, d'ailleurs, n'oubliait pas ses Girondins : elle leur envoyait des vivres; tantôt un quartier de mouton, ou des volailles; elle leur fournissait du bois, du linge, se chargeait de leur lessive; elle leur fit de ses mains « une paire de grandes culottes. » Quand Troquart était absent, sa boutique fermée, ses pensionnaires devaient garder le silence, ne pas allumer du feu, car la fumée aurait pu les trahir, ne pas bouger. A certains jours, au contraire, la boutique s'emplissait d'habitués et, tandis que tous les citoyens de Saint-Émilion se succédaient chez le coiffeur, les reclus, là-haut n'osaient encore faire un pas, tout le monde étant persuadé que le premier étage demeurait vacant. La nuit venue, la rue déserte, on en prenait un peu plus à l'aise. Un soir, ils se risquèrent tous les trois à souper chez les Bouquey. Pétion y alla une fois seul, et ce fut, durant six mois, toutes leurs sorties. Car les « quinze jours » se prolongèrent et Troquart, défrayé de tout par Mme Bouquey, ne parlait pas de renvoyer ses hôtes dont il n'ignorait plus, cependant, la véritable personnalité.

Pour tuer les interminables heures de cette détention déprimante, Barbaroux fit des vers : il adressa à Mme Bouquey un poème de sa façon intitulé *Ma maison des champs* et dont le manuscrit a disparu. Buzot poursuivait ses *Mémoires* sous la forme d'un appel *Aux amis de la vérité*. Pétion ne faisait rien; étendu dans le vieux fauteuil de Troquart, il songeait; son indolence se satisfaisait de cette inaction; ses rêveries ne manquaient pas de motifs et sa vie, si fertile en contrastes, lui en fournissait d'éloquents. Sans doute, sa vanité, survivant à ses succès, lui rappelait-elle ces heures de gloire où, élu par acclamation le premier président de la Convention nationale, il dut se croire destiné à succéder au roi détrôné. Il ne pouvait oublier non plus le jour où, délégué avec La Tour-Maubourg et Barnave pour ramener de Varennes Louis XVI captif et sa famille, il fut, tout le long du chemin, acclamé par les populations et, dans la joie du triomphe, il entrevoyait déjà que ce peuple idolâtre lui décernerait la régence. Ah! Il se montrait alors impitoyable pour ceux dont se détournait la faveur populaire, bien sûr qu'il ne serait jamais, qu'il ne pourrait être victime d'une telle versatilité; avec ses compagnons de route il ne se privait pas de parler du roi malheureux en termes décelant autant de satisfaction de soi-même que de mépris pour les grandeurs déchues : « Chacun disait que ce gros cochon-là était fort embarrassant, » « c'est une bête qui s'est laissé entraîner; » et Pétion concluait que « ce pauvre homme devait être traité comme un imbécile, incapable d'occuper le trône; il fallait lui donner un tuteur. » Maintenant, à son tour, frappé par la foudre, disparu, anéanti, ce même Pétion pouvait méditer à loisir sur l'inconstance de la fortune et la fragilité des engouements populaires.

Les journaux l'en instruisaient mieux encore que ses réflexions personnelles, forcément teintées d'indulgence. Quel cimetière que cette brillante phalange des Girondins, naguère si orgueilleuse et si convoiteuse de domination! Des vingt-deux compagnons de l'exode en Bretagne, cinq déjà étaient morts sur l'échafaud : Gorsas, Duchâtel, Cussy, Valady, pris et guillotiné à Périgueux, le 5 décembre, et Girey-Dupré, le joyeux et insouciant camarade de route, qui, arrêté à Bordeaux et railleur jusqu'au bout, se présenta devant le sanglant tribunal de Paris dans « la toilette » d'un condamné, les cheveux coupés, le col de sa chemise abattu. Suivant une tradition difficile à vérifier, il marcha à la mort en chantant l'hymne funèbre qu'il avait composé pour la circonstance et qui, depuis lors, est devenu le *Chant des Girondins* :

Mourir pour la Patrie,
C'est le sort le plus beau, le plus digne d'envie [1].

Et quelle hécatombe. Tout ce que l'on a pu saisir des amis de la Gironde a été massacré : Bailly Kersaint, Noël, Lebrun l'ancien ministre, Masuyer, coupable d'avoir coopéré à la fuite de Pétion, Coutard, le duc d'Orléans, Lacaze, Grangeneuve, Biroteau qui, en allant au supplice, hué par la canaille bordelaise, gémit au souvenir de ses illusions passées : « Quel peuple pour une république ! » Granger même, le capitaine du navire qui a porté les Girondins de la rade de Brest au Bec d'Ambès, est mis à mort pour ce crime, encore qu'il se défendit d'avoir su quels étaient ses passagers. Roland, le vieux mari de l'Égérie de la Gironde, Clavière, Condorcet, Rebecqui se sont suicidés. Chambon, errant comme ses collègues, a été mis en pièces par des paysans, et, réfugié chez un ami qui prit peur et alla le dénoncer, Lidon se fit sauter la tête en voyant entrer les gendarmes. C'est aussi à cause des Girondins que, à Lyon, on fusille,

1. Wallon. *Tribunal révolutionnaire*, II, 94.
D'après Constant Pierre, *Hymnes et chansons de la Révolution*, 277, le premier de ces deux vers est de Sedaine, le second, de Rouget de Lisle, qui l'introduisit dans son chant de guerre *Roland à Roncevaux* composé en 1792. Dumas et Maquet se les approprièrent pour le *Chant des Girondins* qu'ils firent entendre, en 1847, dans le drame *Le chevalier de Maison Rouge*, sur de la musique de Varney. Il peut se faire que Girey-Dupré chanta l'hymne de Rouget de Lisle en allant à l'échafaud.

on guillotine hommes et femmes par milliers, que, sur toute la surface du pays, l'échafaud est dressé pour punir le crime de résistance à la Convention souveraine; leur vaine tentative de rébellion, si vite avortée, sert de prétexte aux jacobins pour « purger la Nation de tout vestige de l'impur fédéralisme, » Jargon de l'époque. Il est bien possible que, leurrés par les déclamations des proconsuls et des discoureurs de Comités, il y ait en France des simples qui se représentent ces « bêtes féroces » de Girondins, gorgés de l'or étranger, assoiffés de sang et écumants de rage, machinant, à l'instigation « du roi Buzot, » d'horribles représailles. Quelle révélation s'ils voyaient les trois pauvres hères tapis chez Troquart, n'osant ni remuer ni entr'ouvrir les volets, parlant à voix basse, vivant dans l'engourdissement d'une oisiveté continue, et attendant que le destin leur apporte toute servie la revanche qu'ils espèrent encore.

« C'est une chose que je ne puis comprendre, écrivait Buzot, que, parmi tant d'hommes égorgés ou menacés de l'être, il ne s'en trouve pas un qui, préférant un danger honorable et incertain au danger inévitable et honteux de périr condamné par ces brigands, ait tenté de venger son pays et l'humanité en les poignardant. » Et il ajoutait : « Pour nous, nous ne pouvons rien faire parce que toute tentative nous est impossible. Si nous pouvions aborder Paris!... » Buzot s'abuse : si bien close que soit sa tannière, il a appris que Louvet est parvenu à « aborder Paris. » Ce que Louvet a fait pour rejoindre sa maîtresse, un autre peut l'entreprendre pour poignarder Robespierre. D'ailleurs, il n'est pas besoin d'aller si loin : à quelques lieues de Saint-Émilion

Buzot trouverait à immoler un autre criminel, plus haïssable encore. Bordeaux est, en effet, depuis le mois d'avril, sous la férule d'un proconsul-amateur de dix-neuf ans, Marc-Antoine Jullien, fils d'un conventionnel; son âge l'appellerait aux armées, mais il préfère servir sa patrie de façon moins périlleuse. Il s'est mis au service de Robespierre qui, méfiant, l'emploie à espionner les représentants envoyés dans les départements par le Comité de Salut public. Il paraît certain que ceux de ces représentants qui ont passé par Bordeaux, Tallien et Ysabeau notamment, n'ont pas apporté grand zèle à poursuivre les Girondins cachés dans le département; soit qu'il leur répugne de faire périr d'anciens collègues, soit qu'ils eussent compris que la population bordelaise réprouvait, en immense majorité, les mesures sanguinaires, ils n'avaient rien entrepris de décisif contre les proscrits. Jullien prétendit mettre ordre à ce coupable « modérantisme. » Il savait plaire à Robespierre, « son bon ami » en lui offrant les têtes de ces Girondins fameux dont l'*Incorruptible* aigri avait si haineusement jalousé l'éloquence et les succès mondains. Acoquiné à tout ce que Bordeaux comptait de gens tarés, de braillards de clubs, de lécheuses de guillotine, l'élégant Jullien, au nom de la « rigidité républicaine, » pérorait dans les comités et y faisait acclamer des aphorismes dans le genre de ceux-ci : « La liberté n'a pour lit que des matelas de cadavres. » « Le sang est, à la honte de l'humanité, le lait de la liberté naissante. » « La guillotine est le purgatif des aristocrates. » Ayant partie liée avec Lacombe, le président du tribunal criminel, un voleur avéré qui marchandait la mort à ceux qui pouvaient lui payer redevance et trafiquait ostensiblement de ses terribles fonctions, Marc-Antoine

Jullien parvint à évincer le représentant Ysabeau et à prendre sa place : c'est alors qu'il résolut d'en finir avec les Pétion, les Buzot, les Guadet, dont le nom seul « faisait encore trembler Robespierre et la Montagne. »

Le 16 juin, à neuf heures du soir, Laye et Oré, commissaires de Jullien, se présentèrent chez l'adjudant-général Mergier qui commandait à Libourne le bataillon du Bec d'Ambès. Ils le requirent de leur fournir « 400 hommes pour une expédition secrète » et, le 17 à une heure du matin, cette troupe se dirigeait en deux colonnes vers Saint-Émilion. Avant le jour, la ville était cernée, et la maison Guadet, située hors des murs, à quelques pas de la Porte Bourgeoise, se trouva investie. Mergier, qui dirigeait l'expédition, frappa vigoureusement aux portes ; mais tout dormait et elles ne s'ouvrirent « qu'après une demi-heure de tapage. » On consigna tous les habitants, ainsi que le personnel domestique et la fouille commença immédiatement. Elle se prolongea durant cinq heures, sans résultat. Déconfits, les émissaires de Jullien se retirèrent dans le petit cabinet voisin de la chambre du père Guadet, afin d'y rédiger leur procès-verbal. Pendant que Laye et Oré écrivent, l'adjudant-général Mergier lève les yeux vers le plafond et s'avise que certaines des planches dont il est formé semblent avoir été récemment déplacées. Questionné sur cette singularité, le père Guadet se trouble ; les commissaires envoient chercher un charpentier, montent avec celui-ci sur le toit de l'appentis, et, comme l'ouvrier commence à détacher les tuiles, on entend au-dessous « un bruit sourd, tel que celui d'un pistolet qui rate. » Presque aussitôt une voix s'élève : « Ceux que vous cherchez sont ici ; ne poursuivez pas davantage ; nous sommes disposés à nous rendre. »

Les commissaires revinrent au cabinet du bonhomme Guadet où « tout le monde » se trouva rassemblé. On vit s'ouvrir, dans un angle du plafond une petite planche carrée où parut la tête de Salle : « Nous voilà, dit-il. Avons-nous rien à craindre? Nous allons descendre pourvu qu'on ne nous fasse aucun mal. » L'échelle fut appliquée au bord de la trappe et Salle descendit le premier; il était en chemise. Guadet vint ensuite; son sang-froid dédaigneux contrastait avec l'agitation de son collègue : celui-ci parlait fiévreusement, protestant « qu'on ne les aurait pas eus en vie si leurs pistolets les avaient secondés. » On le désarma d'un mauvais couteau sans pointe dont il venait de se frapper, disait-il, et, retroussant sa chemise, il montrait une éraflure rougeâtre sur le travers de son bas-ventre, à gauche. Aussitôt il interpelle Mergier : « Vous croyez avoir fait un bon coup; mais vous vous trompez; il reste même à savoir si vous avez bien ou mal fait. » Le général le somme de se taire, mais en vain : Salle le raille, espérant peut-être ameuter les soldats contre leur chef, qui menace de le bâillonner s'il ne se calme. Guadet intervient : « Pardonnez quelque chose à un malheureux qui n'a plus que quelques instants à vivre. » Et les deux proscrits se laissent docilement fouiller : à Guadet on prend son portefeuille, une bourse contenant quelques pièces d'or et d'argent, une montre en or avec sa chaîne. Salle n'avait rien, vu son costume; mais on dénicha dans la cache « plusieurs papiers contre-révolutionnaires tant en vers qu'en prose, » entre autres deux copies de la tragédie de *Charlotte Corday*, dont on fit un paquet, « pour être remis le tout au citoyen Jullien. »

Tandis que Mergier et les deux commissaires concentraient les recherches sur la maison Guadet, leurs hommes se livraient à la fouille des souterrains dont est percé le sous-sol de Saint-Émilion. On disait que Pétion, Buzot, Barbaroux et d'autres trouvaient en ces cavités d'impénétrables retraites, mais nul n'osait s'y hasarder, en raison de leur obscurité, et moins encore avec des flambeaux, cibles trop voyantes pour les reclus embusqués dans les profondeurs anfractueuses de ces catacombes. Le commissaire Laye était de Sainte-Foix-la-Grande, bourg important sur la Dordogne à neuf lieues de Saint-Émilion; il y était allé chercher, pour l'assister dans la mission à lui confiée par Jullien, dix camarades résolus qu'il voulait associer à l'aubaine. De ce nombre était un certain boucher, nommé Marcon, connu de toute la contrée pour sa meute de chiens dressés au combat, dogues énormes et terribles « qui ne craignaient rien. » On venait de Libourne, et même de Bordeaux, pour « les faire battre. » L'un de ces molosses, qui n'avait que trois pattes, était nommé *Letors* : il passait pour « le plus redoutable; on citait de lui des faits extraordinaires. »

Marcon amena ses chiens à Saint-Émilion; on les lâcha dans les souterrains dont on gardait les issues afin que ceux des proscrits que ces bêtes féroces n'auraient pas étranglés, ne pussent échapper.... Cette chasse aux Girondins n'eut d'autre effet que de « révolter l'opinion publique, » et restera comme un ineffaçable stigmate sur la mémoire de Jullien qui, s'il ne fut pas l'initiateur de cette ignominie, l'a, pour le moins, autorisée : « Une telle barbarie, a-t-on dit, laissa dans les populations une impression d'horreur qui s'est prolongée jusqu'à nos jours. »

Au vrai, Saint-Émilion vécut dans la consternation cette épouvantable journée. Sitôt pris, Salle et Guadet furent déposés, « chargés de fers, » dans un cabaret en attendant que les commissaires eussent terminé leur besogne : apposition des scellés, mise sous séquestre de la maison Guadet, perquisitions dans d'autres habitations, dont celle des Bouquey où l'on découvrit, sous le toit, une cache « récemment fermée » et, dans l'armoire de Mme Bouquey, trois lettres « très suspectes. » Toutes ces allées et venues, les mouvements des troupes, les dogues, les commissaires et leur escorte de farouches sans-culottes, jetaient l'émoi dans la ville. Ce fut bien pis quand, dans l'après-midi, on vit descendre par les rues étroites et déclives, les prisonniers qu'on emmenait à Bordeaux. Les gens, sur le pas de leur porte, — car on n'osait s'enfermer, crainte de paraître ne pas approuver, — regardaient passer, liés sur une charrette Salle, le père Guadet, sa sœur Marie Guadet, son fils le député, Bouquey, sa femme et le père de celle-ci, le vieux Dupeyrat, âgé de soixante-dix-sept ans. La mise en marche fut dramatique : Guadet père était assis de côté ; son fils debout auprès de lui, gémissait, sanglotait : « Oh ! mon père ! mon père ! Nous allons mourir et c'est moi qui vous conduis à l'échafaud ! » On entendit le vieillard répondre avec dignité : « Eh bien, mon ami, si nous mourons, ce sera pour la bonne cause. » La foule, bouleversée, se taisait : on vit des larmes sur plus d'un visage ; durant bien des années, Saint-Émilion devait garder le harcelant souvenir de cette charrette cahotant dans les ruelles tortueuses et de ce cri qu'on perçut longtemps : « Ah ! mon père ! mon père ! c'est moi qui vous tue !... »

Le convoi s'arrêta pour la nuit à Libourne et, le lendemain, 18 juin, il entrait dans Bordeaux. Salle, Guadet et leurs complices furent déposés à la prison du

Hâ. Les deux députés furent interrogés le soir même, Guadet demanda qu'on lui amenât sa femme et ses trois enfants qui, depuis plusieurs mois, avaient quitté Paris et s'étaient fixés à Bordeaux. Cette consolation lui fut refusée « par humanité » : — « Leur séparation serait trop cruelle. » Le 19, les deux conventionnels comparaissaient devant la commission Lacombe pour s'entendre condamner à mort. Salle dont le nom, dans l'arrêt, était fautivement orthographié *Salles*, exigea qu'il fût rectifié : « Je m'honore, dit-il, de le porter et, plus encore, de la gloire qui y sera attachée aux yeux de la postérité, quand elle jugera entre vous et moi. » De Guadet on a recueilli cette apostrophe : « Bourreaux ! Faites votre office; allez, ma tête à la main, réclamer votre salaire aux tyrans de la patrie. » Avant de mourir, Salle écrivit une touchante lettre d'adieu à sa femme, — sa chère Lolotte, — restée, on l'a vu, sans ressources, avec ses trois enfants, à Fougères, et dont, depuis un an, il n'avait jamais reçu de nouvelles. Le malheureux se désolait de laisser les siens dans la misère :

« Quelle douleur pour moi ! Quand on t'abandonnerait tout ce que je possède, tu n'aurais même pas de pain !... Travaille, mon amie, tu le peux, apprends à tes enfants à travailler quand ils seront en âge.... Sois, s'il se peut, aussi fière que moi; espère encore, espère en Celui qui peut tout. Il est ma consolation au dernier moment, et j'ai trop besoin de penser qu'il faut bien que l'ordre existe quelque part pour ne pas croire à l'immortalité de mon âme. Il est grand, juste et bon, ce Dieu au tribunal duquel je vais comparaître; je lui porte un cœur, sinon exempt de faiblesse, au moins exempt de crime et pur d'intention, et, comme le dit si bien Rousseau : « Qui s'endort dans le sein d'un père n'est pas en souci du réveil.... Adieu, adieu pour toujours. Ton bon ami, Salle. »

Quand la foule les vit paraître tous les deux, garrottés, parés pour la mort, leur contenance était si imposante que la horde, amassée pour les huer, garda le silence : il fallut que des « aboyeurs » patentés criassent : « Vive la République! A bas les traîtres! » pour réveiller un peu de sa torpeur l'ignoble assistance. Guadet, sur la fatale plate-forme, cria : « Regardez-nous bien! Voilà les derniers de vos représentants fidèles! » Et, contemplant la guillotine : « Telle est l'unique ressource des tyrans : ils étouffent la voix des hommes libres pour commettre leurs attentats! » Un roulement de tambour couvrit sa voix. Quant à Salle, on rapporte qu'il conserva sa présence d'esprit au point que, l'instrument de mort s'étant faussé et l'exécuteur ne parvenant pas à le remettre en mouvement, le condamné qui, décidément, savait tout faire, examina la chose et expliqua au bourreau pourquoi sa machine ne fonctionnait pas.... Deux minutes plus tard sa tête tombait.

Le 2 thermidor périrent leurs complices : ce fut un lamentable spectacle : le père Guadet, coupable d'avoir accueilli son fils et de ne l'avoir point dénoncé, s'attira du farouche Lacombe cette semonce : « Tu aurais dû le chasser et te souvenir à cette heure-là de Brutus immolant son enfant! » Le peuple battit des mains et le vieillard fut condamné à mort, ainsi que Marie Guadet, sa sœur, Dupeyrat, beau-père du conventionnel, Bouquey et sa femme qui, elle, ne put maîtriser sa fureur : « Monstres, criait-elle, si l'humanité est un crime, nous méritons la mort. » On avait fouillé sa maison de Saint-Émilion et on y avait retiré des latrines une boîte en fer-blanc contenant les papiers des proscrits : lettres de

Mme Roland, *Mémoires* de Pétion, de Buzot, et le petit portrait de femme que celui-ci avait longtemps porté sur son cœur. Le souterrain avait été également découvert et les vestiges du séjour des hors-la-loi y demeuraient manifestes; on y recueillit une épée, un sabre, une bêche, des livres, des couverts d'argent, une pince à sucre, un « moine » pour bassiner les couchages.... Ces objets témoignaient contre Mme Bouquey et sa condamnation n'était pas douteuse. Après la lecture du verdict elle s'élança « vers le président Lacombe qu'elle cherchait à saisir pour le déchirer. » On l'emporta, écumante. Lorsqu'on dut lui couper les cheveux, elle échappa aux aides de l'exécuteur; une lutte s'engagea, « il fallut employer la violence pour la contenir. » Le père Guadet s'approcha d'elle, lui ouvrit les bras, la pressa sur sa poitrine; alors elle éclata en sanglots et « cet attendrissement ramena la paix dans son cœur. » Le bourreau raconta plus tard que, au pied de l'échafaud, Bouquey la voyant s'avancer seule vers la guillotine, dit à l'un des commis de l'exécuteur : « Ah! donnez donc la main à madame. » Mais elle, très calme, demanda expressément d'être exécutée la dernière pour épargner à son mari la douleur de voir répandre le sang de sa femme.

Saint-Brice Guadet, frère du représentant, monta sur l'échafaud le lendemain.

Tant qu'avait duré, le 17 juin, l'expédition des commissaires Laye et Oré, explorant, à l'aide des molosses du boucher Marcon, les carrières de Saint-Émilion, perquisitionnant dans toutes les maisons réputées suspectes, Buzot, Pétion et Barbaroux, muets d'angoisse, s'attendant à voir, d'un instant à l'autre, leur gîte envahi, étaient restés au premier étage de la maison Troquart située, comme on l'a dit, au milieu de la ville, à la rencontre des deux rues les plus passantes. Témoins invisibles, ils assistèrent à tout le drame : derrière leurs volets fermés, ils virent passer et repasser les délégués de Jullien, leur état-major de sans-culottes et leur escorte de dogues. L'un des commissaires Oré, attacha même le licol de son cheval aux barreaux d'une des fenêtres de Troquart. Les malheureux reclus eurent la douleur d'assister au départ de la charrette emmenant leur bienfaitrice et leurs amis; ils purent entendre les cris de désespoir de Guadet.... Puis tout retomba dans un sinistre silence. Ils échappaient une fois de plus à la mort.

Mais Troquart avait eu grand'peur. Quand la nuit fut entièrement tombée et sa boutique close, il osa monter chez ses pensionnaires et ne leur dissimula pas qu'il avait assez de leur présence. Les congédia-t-il brutalement ou discernèrent-ils d'eux-mêmes que la situation était intenable? On ne le sait pas. Le certain est qu'ils se décidèrent sur-le-champ à quitter la place. La preuve en est dans le ton des billets qu'ils tracèrent à la hâte avant leur départ : on y sent la précipitation d'un extrême désarroi. Ces trois émouvants billets sont aujourd'hui exposés sous vitrine au Musée des Archives nationales; l'humidité de la cache où Troquart les enfouit a rongé le papier et rendu le texte presque indéchiffrable. Le voici, à peu près reconstitué d'après la version publiée au *Moniteur* du 12 juillet 1795.

Buzot écrivait à sa femme :

« Je laisse entre les mains d'un homme qui m'a rendu

les plus grands services, ces derniers souvenirs d'un mari qui t'aime. Il faut fuir un asile sûr, honnête, pour courir de nouveaux hasards. Une catastrophe terrible nous enlève notre dernière espérance... le temps passe, il faut partir. Je te recommande surtout de récompenser autant qu'il sera en toi, le généreux... qui te remettra ce billet. Il te racontera tous nos malheurs. Adieu. Je t'attends au séjour des justes. BUZOT. »

Le billet de Pétion n'est plus lisible que par fragments :

« Chère amie, j'ai vécu pour toi, j'ai vécu pour mon... ma patrie des infâmes scélérats qui l'oppriment, pour... mes amis lâchement assassinés... mon honneur. Je me trouve dans la plus cruelle situation qu'il soit possible d'imaginer. Je me jette dans les bras de la Providence, je n'espère pas qu'elle m'en tire.... Adieu mille fois chère femme! Je t'embrasse, j'embrasse mon fils... mes derniers soupirs sont pour vous.... Récompense le mieux qu'il te sera possible le brave homme qui te remettra cette lettre. Il a fait ce qu'il a pu pour m'être utile. PÉTION. »

C'est à sa mère, la personne qu'il avait le plus aimée que Barbaroux adresse son adieu :

« O ma mère! ma bonne mère! Je n'ai pas le temps de t'en dire davantage. Je me livre à la Providence de Dieu pour chercher un asile. Ne désespère pas de mon sort et, si tu le peux, récompense le brave homme qui te remettra ou te fera passer mon billet. Adieu, bonne mère, ton fils t'embrasse. BARBAROUX. »

Il est remarquable que ces esprits forts qui, au temps de leur domination, se piquaient ostensiblement d'un scepticisme absolu et menèrent contre la religion une guerre sans merci, se souvinrent de la Providence lorsque, devenus humbles à force de vicissitudes, ils se sentirent abandonnés de toute la terre. Un historien qui les a longuement étudiés et grandement admirés, écrivait : « Beaucoup de ces fanfarons d'incrédulité qui invoquaient au hasard, « la Nature » ou « les dieux, » le néant stupide ou les éléments confus, moururent chrétiens. La mort reporta sur leurs lèvres ces douces prières qui avaient bercé leur enfance; sous l'éclair du couteau, le repentir et la vision des destinées immortelles ramenèrent ces âmes vers le sein du Dieu juste qui allait les recevoir. »

Le soir du 17 juin, un peu avant minuit, Buzot, Pétion et Barbaroux s'en allèrent de la maison Troquart et gagnèrent la campagne. Chacun était armé d'un sabre et d'une paire de pistolets; Troquart les avait munis d'un pain renfermant un morceau de veau et des pois verts. Tous trois portaient la barbe longue; Pétion avait « les cheveux tressés; » il était ainsi que Buzot coiffé d'un chapeau à cornes posé sur un mouchoir enserrant la tête; Barbaroux avait « une longue lévite et un pantalon de coutil. » Ils errèrent le reste de la nuit par Mondot, Saint-Laurent, Saint-Hippolyte et s'égarèrent dans les vignes du Fond-Morau où l'on devait peu après relever leurs traces. Ils allaient sans but, évidemment. On a dit qu'ils cherchaient à passer la Dordogne et que, n'osant le faire au pont de Castillon, probablement bien gardé; ils se dirigeaient vers le bac de Civrac. Mais ils n'avaient point de cartes et aucun d'eux ne connaissait le pays. Privés depuis cinq mois de tout exercice, ils ne marchaient pas vite; au point du jour, ayant parcouru à peu près deux lieues, ils traversèrent la grand'route de Bordeaux à Bergerac, non loin d'une métairie nommée German. Puis ils continuèrent dans des champs de blé.

Cette plaine de Castillon est magnifique et d'une opulence imposante. Ils s'arrêtèrent sous un vieux mûrier pour se reposer à l'ombre. D'après une tradition locale, un enfant grimpé sur l'arbre pour en récolter les feuilles, les vit s'asseoir et se disposer à déjeuner. Chacun d'eux étala un mouchoir en manière de serviette; un autre mouchoir figurait la nappe, et on a remarqué judicieusement que ce repas exclut l'idée d'un projet de suicide immédiat; puisqu'ils songeaient à réparer leurs forces c'est qu'ils projetaient de continuer leur voyage.

Tandis qu'ils se partageaient le pain, le bruit d'un tambour se fit entendre du côté de la grande route : ce tambour précédait un peloton de volontaires se rendant de Castillon à Libourne; mais les fugitifs se crurent dépistés par les troupes de Mergier. Pétion et Buzot se dressèrent aussitôt et s'enfuirent vers un petit bois de sapins distant de quelque cent pas. Barbaroux, moins agile, ou plus fatigué, ou retenu par quelque cause ignorée, — une entorse, une blessure au pied? — Barbaroux se crut perdu : il prit son pistolet, en appliqua le canon derrière son oreille droite et fit feu. Une femme de la métairie, effrayée par la détonation, s'imagina qu'on tirait sur ses poules. Elle appela les volontaires qui passaient sur le grand chemin; ils accoururent et, ayant exploré les alentours, avisèrent au pied du mûrier un homme expirant, la face en sang, l'oreille droite emportée. A côté de lui était son pistolet, quatre mouchoirs étendus et trois morceaux de pain.

Tout de suite les curieux affluèrent. On faisait cercle autour du moribond, mais nul n'osa l'approcher. C'était l'un de ces « hors-la-loi » que les commissaires de Jullien avaient manqué, la veille, à Saint-Émilion, et l'on savait qu'était puni de mort tout citoyen coupable de prêter assistance aux « conspirateurs. » Il pouvait être à ce moment huit heures du matin et, jusqu'à trois heures de l'après-midi, le malheureux agonisa sans qu'une âme charitable eût pour lui un mot, un geste de compassion. A trois heures arrivèrent les municipaux de Castillon; ils ordonnèrent le transport du blessé à la ferme voisine; mais les métayers de German refusèrent d'ouvrir leur porte à ce moribond maudit. On le déposa donc sur un peu de paille où l'on crut qu'il allait mourir, car il restait sans mouvement, sans voix; ses yeux seuls, des yeux magnifiques qui regardaient fixement, témoignaient d'un reste de vie.

On ne pouvait le laisser là; des citoyens de bonne volonté le reprirent donc et le portèrent jusqu'à la grande route où se trouvait une autre ferme appelée la métairie du Bout de l'Allée. Là encore, les gens refusèrent de le recevoir; sur l'invitation des autorités ils consentirent seulement à prêter une chaise qu'on posa devant le portail de la maison et sur laquelle on assit le blessé. Il resta là, inanimé, la tête renversée en arrière : « Une belle tête brune, avec des cheveux et une barbe très noire; » le sang « paraissait beaucoup » sur son pantalon de coutil. On lui parlait, il ne répondait pas; on le touchait, il ne bougeait pas; mais il tournait les yeux vers ceux qui se hasardaient à le questionner. On voulait pourtant savoir qui il était. Son linge étant marqué R. B., on lui demanda s'il était Buzot. Il répondit par un signe négatif. — Barbaroux? — signe affirmatif. D'ailleurs la marque R. B. était celle de Robert Bouquey et le linge provenait des libéralités de Mme Bouquey.

Il y avait foule autour du mourant. « Tout Castillon

était venu voir. » Le pharmacien Graillon se donna l'importance de sonder la plaie; mais il ne rencontra point la balle. Le juge de paix Lavache se mêla d'interroger le proscrit. Point de réponse. Comme il insistait, Barbaroux riposta : « Qu'il se mêlait de ce qui ne le regardait pas; qu'il n'était pas de taille à le questionner. » On comprit alors que son silence obstiné n'était pas atonie, mais dédain. Du reste, personne n'eut le courage de l'assister; on n'essaya d'aucun pansement; nulle main ne lui tendit un verre d'eau. A l'heure où le soir descendait sur la plaine, on le chargea, toujours inanimé, sur un fauteuil, sa tête d'Antinoüs balottant, fracassée, sur le dossier. Deux hommes soulevèrent le siège et on se mit en route vers Castillon.

A ce moment, dans le silence du crépuscule, retentirent au loin, vers le hameau de Caffol, deux coups de feu presque simultanés. Mais personne ne s'en inquiéta....

Barbaroux séjourna six jours dans une chambre de la mairie, à Castillon; un chirurgien de l'endroit l'y pansa. Le 24 juin, comme Jullien réclamait le blessé, on étendit celui-ci sur un bateau où prirent place avec lui quatre gardes et un officier de santé. A neuf heures du soir l'embarcation accostait les quais de Bordeaux et Barbaroux fut porté au Comité de surveillance révolutionnaire; il était très faible et articulait avec peine. Il répondit cependant, de façon suffisante à la constatation de son identité. Jullien tenant à le guillotiner vivant, on ne transféra pas l'agonisant dans une prison, crainte qu'il trépassât durant le trajet. Il passa donc la nuit au Comité où, le lendemain se transporta en corps la commission Lacombe, qui le condamna sur place et le livra de suite, avec les plus grandes précautions, à l'exécuteur des jugements criminels. C'était le 25 juin 1794.

Il y avait déjà huit jours que ses deux compagnons, Buzot et Pétion, ayant interrompu, comme on l'a dit, leur repas matinal, s'étaient enfuis vers un petit bois voisin du mûrier sous lequel, ne pouvant les suivre, Barbaroux avait tenté de se suicider. La garde nationale de Castillon battit soigneusement le bois, mais en vain. Depuis lors Pétion et Buzot avaient disparu. Certains supposaient qu'ils se cachaient dans les blés, hauts à cette saison; s'ils étaient pourvus de provisions suffisantes, ils pouvaient y vivre jusqu'à la moisson proche. D'autres pensaient que les fugitifs, marchant de nuit, se terrant de jour, avaient dû atteindre la Dordogne, passer le fleuve à la nage, et s'éloigner du côté des Landes, dans l'espoir de gagner la frontière d'Espagne.

Ce même 25 juin où Barbaroux mourait à Bordeaux — il y avait un an, jour pour jour, que Pétion, heureusement évadé de Paris, arrivait à Bonnières, se croyant sauvé, — les citoyens Vincendeau, du village de Saint-Magne et Baraba, maire de Saint-Estèphe, suivaient, vers le soir, le chemin de culture qui mène du hameau de Caffol à la grande route de Bergerac; leur attention fut attirée par les aboiements de chiens qui se battaient dans un champ de seigle. Ils pénétrèrent dans le champ et restèrent saisis d'horreur en présence de deux cadavres d'hommes, couchés sur le dos, « à une dizaine de pas l'un de l'autre » et dans un répugnant état de décomposition. Vincendeau et Baraba ne s'arrêtèrent pas longtemps devant cet affreux spectacle et marchèrent vers Castillon afin d'avertir les autorités. Ils y parvinrent à la nuit close et réveillèrent le juge de paix qui, ayant convoqué deux notables, — Denois et Thibaud, — se rendit avec eux à l'endroit indiqué. La scène qui se passa là dut être singulièrement lugubre car il était plus de minuit quand, à la lueur de quelque falot, on put procéder à certaines constatations indispensables. L'un des cadavres avait la figure absolument noire, la mâchoire inférieure et supérieure brisée, le bas du corps « entièrement rongé par les vers » et le ventre béant. C'était Buzot. Pétion, reconnaissable à quelques touffes de cheveux gris, avait été dévoré par les chiens; de sa tête et de son torse, il ne restait que les ossements.... Autour d'eux, le seigle était « versé » sur un large espace, « comme si les deux hommes s'étaient longuement débattus. » On ramassa autour des corps sept pistolets, deux sabres, deux mouchoirs, deux chapeaux. L'un des pistolets, retiré de dessous le corps de Pétion, portait la marque *Bracon, à Caen.* Dans un chapeau à trois cornes, garni d'une grande cocarde nationale, était collée cette étiquette : *Au Gagne Petit, chez Anndeville, à Caen.* C'étaient les objets dont, un an auparavant, le beau Piéton, alors plein d'illusions, s'était muni en prévision de la campagne qu'il comptait entreprendre.

Le juge de paix avisa de l'événement les commissaires de Jullien, en séjour à Saint-Émilion et, le lendemain, dès six heures du matin, on se réunissait autour des deux morts. Certaines vérifications eussent été nécessaires; mais un officier de santé qui se trouvait là, déclara qu'on n'y pouvait procéder sans danger de « pestilence » pour les assistants : au lieu donc de déshabiller les cadavres, on se contenta de déchirer leurs poches au moyen d'outils tranchants; on en retira seulement « une montre en or, dans un goût tout moderne, » et qui avait appartenu à Buzot, un mouchoir des Indes, bleu, blanc et rouge, marqué R. B. et, sur Pétion, rien qu'une paire de boucles en argent, une tabatière en écaille et un couteau à tire-bouchon. Ni papiers, ni argent, ce qui étonne, car, en quittant la maison Troquart, Buzot portait sur lui 540 livres en or et Pétion une somme à peu près égale, qu'ils conservaient « précieusement, pour leurs plus extrêmes besoins. » Ils s'étaient en outre munis de passeports soigneusement fabriqués par eux-mêmes et couverts de cachets de cire.... Quelqu'un de moins dégoûté que le juge de paix de Castillon avait-il donc avant lui fouillé les cadavres et délesté leurs poches?

Du reste, on voulait en finir au plus vite; tandis que des paysans creusaient deux profondes fosses, le juge de paix rédigeait les actes de décès, aussi précipitamment — et aussi irrégulièrement — que possible. Il indiquait ce jour du 26 juin, 8 messidor, comme étant celui du décès dont la date, manifestement, remontait à huit jours, et il attribuait à Buzot l'âge de cinquante-deux ans, — il en comptait trente-quatre, — et à Pétion, — qui en avait trente-huit, — celui de cinquante-six ans. Chapeaux, sabres, pistolets, objets divers, enveloppés dans un linge, furent adressés à Jullien et l'on poussa dans les fosses, à l'aide de bâtons et de fourches, les deux corps qu'on recouvrit aussitôt de terre. Leurs tombes, si proches l'une de l'autre qu'elles ne paraissaient en former qu'une, furent longtemps respectées : « Autour d'elles, disait un paysan, la terre ne travailla pas. » Aujourd'hui on n'en connaît plus l'emplacement. Les gens du pays savent vaguement qu'il y a eu là un drame, mais ils en ignorent les péripéties. Barbaroux, Buzot, Pétion, Girondins, Montagnards, tout cela se confond : c'est si ancien! et, depuis lors, on en a tant vu! Seulement quelques vieilles gens savent que la chose s'est passée « au temps du mauvais papier » et nomment encore le coin de terre, voisin de la ferme de Pillebois, le *champ des Émigrés*.

Il s'en fallut de peu qu'un monument commémoratif fût élevé sur ces deux tombes, car Jullien, dont la haine n'était pas encore satisfaite, proposait « qu'une inscription infâmante, érigée dans le lieu où Pétion et Buzot s'étaient tués, transmît à la postérité leurs crimes et leur mort. » Il sollicitait aussi de Robespierre l'autorisation de faire raser les maisons de Saint-Émilion où s'étaient cachés des députés Girondins. C'est à Robespierre également que, le 13 messidor, il adressait une caisse contenant tous les papiers des proscrits, c'est-à-dire la tragédie de Salle, trouvée sur le grenier du père Guadet, ainsi que les manuscrits retirés de la fosse d'aisance de la maison Bouquey, *Mémoires* de Pétion, de Barbaroux, de Buzot et aussi les lettres amoureuses adressées à ce dernier par Mme Roland. Il semblera surprenant que ni Jullien, ni personne, ne sut discerner quelle était l'auteur de ces lettres, à la vérité non signées. On reconnut qu'elles émanaient « d'une personne de beaucoup d'esprit, » mais on n'en devina pas davantage. Ce qui étonne plus encore, c'est que le petit portrait de Mme Roland qu'avait si longtemps porté Buzot était joint à l'envoi de Jullien et que nul ne l'identifia. Il est vrai que ces pièces parvinrent à Paris dans les jours qui précédèrent le 9 thermidor; les Comités, Robespierre lui-même étaient occupés de soins plus actuels que celui d'examiner la dépouille d'ennemis disparus. Les papiers furent oubliés dans la tourmente et l'amour de Buzot et de Mme Roland demeura ignoré de leurs contemporains : Letellier, d'Évreux, à qui Buzot avait confié d'autres lettres, tout aussi compromettantes sans doute, incarcéré et destiné à l'échafaud comme tous les amis des Girondins, s'était suicidé dans sa prison après avoir détruit le dépôt à lui confié. Chose remarquable, les survivants qui avaient été les confidents de ce grand amour, ni Louvet, ni Lodoïska, ni Mme Goussard, ni Mme Pétion, n'en parlèrent jamais et témoignèrent, par respect pour la mémoire de leur héroïque amie, d'une discrétion sans défaillance. Son secret fut gardé pendant soixante-dix ans!

On ne peut douter que ses lettres passèrent par beaucoup de mains, mais sans profit pour les historiens : ceux-ci apercevaient bien que la célèbre Girondine avait éprouvé une violente passion pour l'un des députés de son entourage, mais les plus perspicaces en faisaient honneur à Barbaroux, quand, dans les derniers jours de novembre 1863, un jeune homme se présenta chez le libraire France, dont la boutique était au quai Malaquais. Il avait sous le bras une liasse de vieux papiers trouvés dans le fond d'une caisse où son père, grand amateur de bouquins, les avait laissés. France examine, hésite, refuse : ces papiers ont si peu d'intérêt! « Mais il y en a d'autres, dit le jeune homme; je reviendrai. » Il revint une fois, deux fois, avec d'autres liasses; on fit un bloc du tout, qui fut payé 50 francs. Au début de 1864, le libraire France publiait le *catalogue d'un choix de livres et de documents manuscrits sur la Révolution française*. Ce catalogue mentionnait « cinq lettres de Mme Roland à Buzot, » — les cinq lettres aujourd'hui fameuses, — les *Mémoires* inédits de Péon, la tragédie de Salle.... C'étaient les papiers du eune homme. De qui les avait-il tenus? On n'en sut amais rien.

Quelques mois auparavant, Charles Vatel, chercheur assionné qui consacrait sa vie et sa fortune à recueillir des documents sur Charlotte de Corday, son idole, et sur es Girondins, traversant un matin le marché des Batignolles, avisa « un petit portrait, tout délabré, traînant à terre, pêle-mêle avec des légumes, » devant l'éventre d'un étalagiste. Autant qu'on en pouvait juger us la crasse et les cassures, c'était l'image d'un personage de l'époque révolutionnaire. Vatel le ramasse et 'obtient pour quelques sous. Rentré chez lui, il nettoie trouvaille et s'aperçoit que, derrière le portrait, ns le cadre désajusté, est glissé un papier roussi. Il e détache, le déplie avec précautions et lit : *François-icolas Buzot.... la nature l'a doué d'une âme aimante, un esprit fier et d'un caractère élevé... les chagrins du cœur ajoutèrent à la mélancolie vers laquelle il était nclin....* L'écriture, Vatel la connaissait bien, c'était lle de Mme Roland! Il tenait *this dear picture* qu'elle vait porté sur son cœur, qui, si souvent, dans sa prison, vait reçu ses baisers et ses larmes, et à laquelle elle vait joint une notice de sa main « pour éviter qu'il mbât un jour dans la boîte du brocanteur! »

Ce médaillon est aujourd'hui à la Bibliothèque de ersailles, et les Archives nationales conservent la tite miniature de Mme Roland que, presque jusqu'à derniers jours, Buzot garda sur son cœur. Seulement, dernier portrait, pour n'avoir jamais, depuis Jullien qu'à nos jours, quitté la filière administrative, a subi d'épreuves que l'autre, livré durant bien des ées aux hasards des étalages en plein vent. L'image de Mme Roland était, en effet, dans l'origine, entourée de diamants, ou, tout au moins, de pierres précieuses et les connaisseurs distinguent, sur le mince cercle d'or de son cadre, les traces d'une pesée qui, à une époque indéterminée mais certainement très lointaine, l'a dépouillée de cette parure tentatrice.

TABLE DES MATIÈRES

IMPRIMERIE
PAUL BRODARD
COULOMMIERS
8330-9-1927

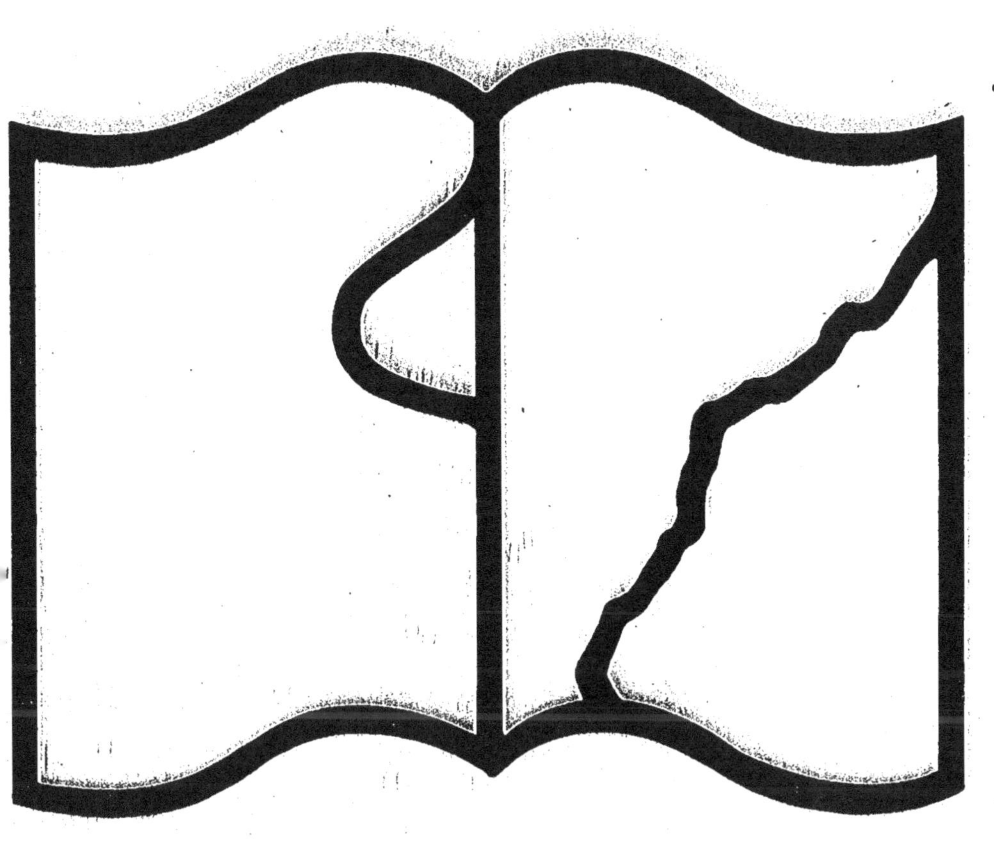

Texte détérioré — reliure défectueuse

NF Z 43-120-11

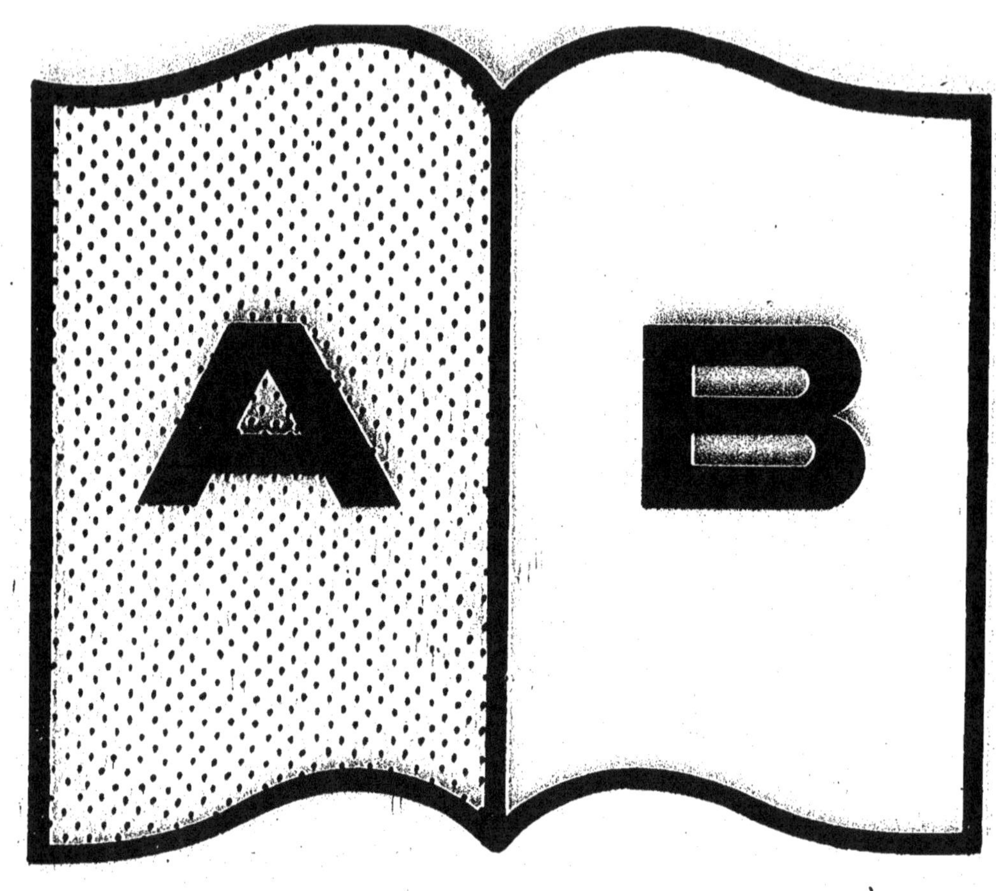
A
B

www.ingramcontent.com/pod-product-compliance
Lightning Source LLC
LaVergne TN
LVHW020323230826
846091LV00003B/743

9782329175607